Cirilo Villaverde

Dos amores

Barcelona **2024**
Linkgua-ediciones.com

Créditos

Título original: Dos amores.

© 2024, Red ediciones S.L.

e-mail: info@linkgua.com

Diseño de cubierta: Michel Mallard.

ISBN tapa dura: 978-84-1126-315-3.
ISBN rústica: 978-84-9953-067-3.
ISBN ebook: 978-84-9953-066-6.

Sumario

Brevísima presentación

La vida

Cirilo Villaverde (1812-1894). Cuba.

Estudió en La Habana en el Seminario de San Carlos donde se graduó de Bachiller en Leyes, más tarde practicó la docencia y el periodismo.

En La Habana asistió a la Tertulia de Domingo Delmonte y publicó en la *Gaceta Cubana* su novela *La joven de la flecha de oro*.

El 20 de octubre de 1848 fue condenado por una comisión militar, un año después escapó de la prisión y viajó a los Estados Unidos.

Poco después fue nombrado redactor en jefe de *La Verdad*, periódico de Nueva York; aunque en 1858 fue amnistiado y pudo regresar a La Habana.

En 1861 regresó a los Estados Unidos y trabajó en el periódico *La América*, de Nueva York. Terminó de escribir *Cecilia Valdés* en 1884 y murió el 24 de octubre de 1894 en dicha ciudad.

I

En una apacible mañana del mes de Abril de 1836, a la hora en que el Sol alumbra solamente las torres de la ciudad, y la sombra de las casas cubre las calles traviesas; en que empieza a oírse en ellas el pregón de los vendedores ambulantes y el ruido de los carruajes, al mismo tiempo que los pasos de las gentes que acuden a los mercados, o van a los templos o andan a sus negocios; en que el cielo luce purísimo azul como un manto de terciopelo, y se ven de trecho en trecho nubes blancas, que figuran colas de cometas, desvaneciéndose en el espacio al soplo de las brisas de la mañana; en esta hora, decimos, por la calle de Compostela abajo, entre los varios transeúntes, iba un hombre de edad madura, acompañado de tres jóvenes, de las cuales la menor apenas contaba ocho años, y la mayor diecisiete.

Ésta, de mediana estatura, delgada, de cabello negro, hecho un rodete en la parte posterior de la cabeza, cubiertos sus hombros con una manta de seda negra, en traje blanco de muselina, llevaba la delantera, teniendo por la mano a una de las niñas. La otra, que parecía ser la más joven, era conducida del mismo modo por el hombre, y ambas llevaban el cabello castaño hecho trenzas, suelto por la espalda, con un lazo de cinta blanca en cada extremidad, al uso de las aldeanas de Europa.

Todos cuatro caminaban con más prisa de la que acaso pedían los pocos años de las dos pequeñas, o de la que es costumbre en este país. Bien habrían andado unas tres cuadras en silencio, cuando la menor de la jóvenes, mirando al hombre que la conducía de la mano, con expresión y acento compungido le preguntó:

—¿Volverá usted hoy temprano, papá?

Al punto volvió la mayor la cara, que entonces contorneaban los dobleces de la manta, y echó una mirada triste al padre, como para examinar en su semblante hosco y abatido la impresión que causaban en su ánimo las palabras de la niña, y también, sin duda, para oír mejor su respuesta.

—Sí, sí —contestó apresuradamente el hombre, signo inequívoco de su abstracción—. Temprano... sí, muy temprano... A la noche.

La niña se tapó los ojos con el extremo de la almohadilla que llevaba bajo el brazo derecho, y prorrumpió en llanto, acompañado de muchos sollozos. La mayor inclinó la cabeza, y, aunque no se le oyó ni un suspiro, rodaron de sus negras y largas pestañas gruesas gotas de lágrimas, del mismo modo que las de rocío del pétalo de una flor que mueve el viento.

—¿Qué es esto? —dijo el padre luego que notó la acción y oyó los sollozos de la menor de sus hijas—. ¿Acaso me separo de ti por la primera vez? ¿Acaso no he de volver por ti después que salga del trabajo? ¡Celeste! —añadió dirigiéndose a la mayor.

—Señor —contestó esta tornando la cabeza y mostrando entonces sus lánguidos ojos todavía húmedos.

—¡Tú también, Celeste! —exclamó aquél entre sorprendido y angustiado—. ¿Es posible, hijas mías —prosiguió enternecido—, que no me dejen ustedes ir tranquilo al trabajo? Antes de que anochezca estaré de vuelta, temprano. Abandonaré mis intereses ¡como ha de ser! en manos de los dependientes. Todo lo abandonaré por ustedes.

—¡Ah!, no, no, papá —repuso Celeste (contracción sin duda de Celestina) enjugando sus ojos y arrepentida de su debilidad—. Vuelva usted cuando quiera y pueda: yo cuidaré de Angelita y de Natalia, y las acallaré si lloran.

—Eso iba a encargarte —dijo el padre en tono de reconvención—; pero veo que eres tan niña como tus hermanas. ¿Qué dirán la madre Agustina, y la tía Mónica y la tía Seráfica? ¿Qué dirán esas benditas señoras, que son tan buenas con ustedes, si las ven entrar en su casa llorosas y afligidas al cabo de tantos días como hace que ustedes las visitan? Creerán que van de por fuerza, que no les gusta su compañía, que ustedes son unas niñas malcriadas, que no saben vivir con la gente mayor. Es preciso, Celeste, que tú, que eres de más edad enseñes a tus hermanas y les des el ejemplo. Si tú lloras, que eres grandes, ¿qué harán ellas que son chicas? Vamos, no sean bobas: valor y resignación: yo volveré temprano y las llevaré a casa, y les daré muchas cositas. Ea, ¿estás contenta? —preguntó a la menor.

Contestóle con la cabeza, más consolada, visto lo cual por el padre la alzó en sus brazos y le dio una porción de besos. En esto llegaron a la puerta de una casa que hacía esquina, donde, habiendo aquél llamado, salió a abrir una mujer ya entrada en años, pálida, el pelo canoso atado atrás de la cabeza; todavía con saya y pañuelo grande de rengue al cuello, al través del que se veían dos escapularios pendientes de un cordón negro de seda. Dicha señora recibió a las jóvenes de manos del padre, como si las esperara por momentos, aunque no por eso con menos extremos de cariño.

El último, entonces, para evitar a sus hijas mayor pena, se apresuró a decirles adiós y a quitárseles de la vista. Tomó la calle más próxima y se entró en una tienda de lencería o de ropas, según las llaman por acá. Tras del mostrador había dos jóvenes en mangas de camisa, que se paseaban de extremo a extremo, cruzándose en el centro, como fieras en jaula, o como dos centinelas a la puerta de un calabozo. El que parecía de más edad, bajo de cuerpo, cargado de espaldas, con la nariz aguzada, los ojos chicos, vivos, de color claro y el cabello negro y muy crespo, de entre uno de los entrepaños tomó un cuaderno en forma de libro, forrado en papel azul, y lo presentó al recién venido, diciéndole:

—Anoche se ha vendido lo que usted verá ahí.

El dicho cuaderno, que en esos establecimientos viene a ser el borrador, harto se echaba de ver que hacía tiempo andaba rodando, del mostrador a los entrepaños y de éstos a aquél, porque fuera de que tenía las hojas de arriba casi enrolladas y sucias, ya se iban desgarrando. Estaba escrito con lápiz; las letras y los números eran tan grandes, que por su tamaño bien pudieran haber servido de muestra en una clase primera de escritura. Increíble fue la rapidez con que le recorrió nuestro hombre, aunque es verdad que las partidas nuevas se encerraban en unas pocas hojas; y apoyado de codos en el mostrador, con la cara entre ambas manos, en tono de desesperación, dijo cual si hablara consigo mismo:

—No se vende nada, nada... ¡y viene el día 15, y el segundo plazo está al caer!...

Conoció el mercader, quizás, que se dejaba llevar fácilmente a extremos desesperados; que descubría con su desazón más de lo que convenía a su puesto en aquella casa y a los secretos de sus negocios; secretos que la prudencia mandaba tener, cuando no ocultos, disimulados al menos entre él y sus dependientes. Lo cierto es que, reprimiéndose, de pronto se volvió para el más joven y le dijo:

—Veamos lo que usted ha cobrado ayer tarde.

—Señor don Rafael —contestó el mozo con cierta sonrisa—, poco. Parece que no hay metálico en la plaza. Aquí tiene usted el dinero cobrado. —Y le presentó un saco pequeño de lienzo—. Y aquí están las cuentas. —Y le presentó varias cuartillas de papel dobladas a lo largo—. Este sujeto me dijo que no había vendido su azúcar y que no podría pagarme hasta la semana entrante. Este otro no estaba en su casa aunque sospecho que acababa de entrar. Ese otro había salido al campo desde antes de ayer; al menos así me informó el portero. El otro, me dijo su señora que estaba esperando el café para pagarme siquiera la mitad. El otro don...

—Basta, basta —le interrumpió don Rafael, reprimiendo la cólera, próxima a estallar por boca, ojos y manos, pues el mozo parecía gozarse en referir la larga historia de las negativas que había recibido el día anterior.

Dicho lo cual con todos los papeles, el saco de dinero y el cuaderno borrador, en silencio se encaminó a una pieza inmediata, la trastienda, donde había un escritorio pequeño con los libros de la casa.

II

La casa en que don Rafael dejó a sus tres hijas era lo que se llama una casa montada verdaderamente a la antigua. Ahora veinte años, muy bien hubiera podido pasar por un rígido beaterio. La puerta de la calle era alta con postigo y rejilla, y tras ella había un cancel, para que cuando se abriera aquella no pudieran registrar su interior ojos profanos. Las ventanas, dos en número, eran de madera, en la forma de espejos, con gruesos balaustres de muchas molduras; y estas, como la puerta, cubiertas de telarañas pues que las últimas, especialmente, no se abrían jamás. Los muebles de la casa correspondían al aspecto de su exterior: allí las sillas de baqueta con los respaldos y patas laboreadas; allí los altos escaparates de cedro a guisa de alacenas, y las estampas de santos, y los nichos y retablos llenos de imágenes y flores artificiales, iluminados apenas por las moribundas lucecillas en aceite; allí, en fin, el traje, el aspecto, las costumbres y la vida de las tres mujeres que la habitaban... todo olía a vejez, a santidad, a convento.

En efecto: aquella casa, compuesta y construida, al parecer, contra todas las reglas de la acústica y la higiene; casa insonora, enemiga de la luz y del aire; no tenía gatos que maullaran, ni gallinas que cacarearan; pues, aunque había de estos animalejos un ciento, estaban enseñados, sin duda, a callar y guardar mesura; ni tenía puertas ni ventanas que crujieran, rodaran o golpearan, pues las mantenían siempre atrancadas; ni chiquillos que llorasen, chillasen o derribaran muebles; tampoco esclavos (eran tres), lo que es una maravilla, que arrastraran la chancleta por la sala, comedor y patio, porque o bien andaban descalzos o con los pies calzados.

Y si nada de esto, que es cosa rara falte en nuestras casas, tenía la de que hablamos, mucho menos es creíble tuviera amas que, mandando a los criados, hijos o familiares, dieran voces a lo contramaestre. Las tres tías o ancianas que la habitaban, pálidas y débiles a puro viejas y sedentarias, que de callar casi habían perdido el uso de la lengua, apenas pensaban en otra cosa que en rezar, en oír misa todos los días en el vecino convento, confesarse con frecuencia, dar limosna a los demandantes de San Francisco, y guardar silencio, recogimiento y tranquilidad de espíritu y de cuerpo, desde que amanecía hasta que anochecía Dios. Figuraos, pues, si en semejante casa y con semejante compañía estarían contentas y alegres las tres jóvenes, que ya habían venido a la edad en que la luz, el aire, el ruido y el movimiento son unos verdaderos placeres, y una necesidad de la vida que comienza su desarrollo.

Solo por un favor especial, sin ejemplo, en consideración a las desgracias de que luego hablaremos, y a los servicios que la madre Agustina y las otras dos hermanas debían a don Rafael, admitían a las hijas de éste a pasar el día en su casa, señaladamente a Celeste, que, según las palabras de aquéllas, había llegado a la edad crítica en que ni aun el ojo experto de un padre amoroso es suficiente a libertar de los peligros del mundo y asechanzas del demonio a una muchacha hermosa, viva y alegre. Así es que no bastaban el aire de modestia y candor que rodeaba el semblante de Celeste, ni la inocencia que parecían respirar sus palabras, sus movimientos y hasta sus miradas apacibles, para tranquilizar y asegurar del todo a las suspicaces madres, siempre alerta y azoradas por las visiones que les forjaba el cerebro, exaltado por las vigilias, el ayuno y las mortificaciones de la vida devota. Sobre todas la madre Seráfica, que, si bien de menor edad, era la de más severo carácter, alta, flaca, escasa de pelo, poblada de cejas y de mirar torvo, andaba, según suele decirse, observando con cien ojos, si la joven suspiraba, si se movía, si estaba quieta largo tiempo, si hablaba, si callaba demasiado, si no cosía, si al pasar por delante de la puerta ojeaba a la calle por la estrecha hendija; en fin, si se ponía triste o animado su rostro de nieve y rosa.

Es verdad que nada de eso sospechaba la pobre muchacha; pero no podía menos de sobrecogerse y sentir un frío sudor por todo el cuerpo cada vez que sus ojos se encontraban con los de la madre Seráfica, sorprendida como el pájaro que la serpiente mira, sujeta y fascina; paralizábanse los movimientos de su ánimo y de su cuerpo, insensiblemente bajaba los párpados y la cabeza y ya ni veía, ni quería, ni atinaba con nada. Sin embargo, la presencia, la voz y los cariños de la madre Agustina, la mayor, toda amabilidad y dulzura, servían mucho a templar la terrible influencia de la madre Seráfica y a volver a la vida (no hay exageración en decirlo) a la tímida Celeste. Sentábase aquélla a rezar o a hacer labor, en el primer aposento, cerca de una urna grande, alrededor de la cual ardía cantidad de luces, alumbrando a medias el contraído rostro de una dolorosa hecha de bulto. En la sala, a los ángulos de un altar en que se veneraba la estampa de San Francisco, se situaban la madre Seráfica y la madre Mónica, mujer que parecía de cera, muy callada y con expresión de Dolorosa. Celeste y sus dos hermanas menores ocupaban el espacio medianero entre unas y otras beatas, esto es, la puerta del aposento; y por todas partes reinaba el hondo silencio y la tranquilidad grande de que hemos hablado.

Acostumbradas a ello las madres, su oído había adquirido una sensibilidad exquisita; y un suspiro, un sollozo de las jóvenes era casi imposible que se les escapase. A la sazón de que hablamos, la menor, Natalia había estado haciendo grandes esfuerzos por reprimirse, gracias a los suaves pellizcos y miradas de su hermana mayor. Pero ni en su edad ni en su situación es cosa tan fácil contener el llanto por largo tiempo. Así es que, empezando por gemir y sollozar, bien pronto rompió en lágrimas y en afligidas voces.

Torció la Seráfica el gesto como si a su lado hubiesen hecho estallar de repente un látigo; se cubrió de tristeza el semblante marchito de la madre Mónica y la Agustina, levantándose, se acercó a la llorosa niña, le preguntó qué sentía, qué quería, le hizo cuantos cariños le sugería su alma helada y devota; hasta apeló a regañarla por ver si intimidándola callaba; mas ni por ésas. En vez de disminuirse, arreciaron el llorar y el sollozar. Viendo, en fin; que los mimos ni las amenazas bastaban, quiso probar la madre Agustina si sacándola al patio, con la vista de las flores y animales que allí había, se callaba y consolaba. Con esta intención la tomó por la mano. Aquí fue ello. Puso Natalia el grito en el cielo y se aferró a su hermana Celeste. Ésta se llenó de aflicción. Por un efecto simpático echáronse a llorar Angelita y la madre Mónica. Seráfica se tapó con ambas manos los oídos y ocultó la cara entre las rodillas, en cuya sazón la madre Agustina, siempre grave aunque amable, dirigiéndose a Celeste, le dijo:

—Pues Natalia no quiere ir conmigo a ver las flores, y es probable que también se niegue Ángela, llévalas tú, hija mía. Dulces, frutas, flores, agua: cualquier cosa que pidan o quieran, dásela. Loreto, la negrita, que te acompañe.

Celeste obedeció sin replicar palabra. Tomó a sus hermanitas de la mano y salió por la puerta de la sala al patio. Acaso no lo deseaba ella menos. La negra, viva y alegre muchacha a quien sujetaban sus amas más de lo que pedía su natural ardiente, no esperó a que Celeste la llamara: bastole oír que la madre Agustina deseaba acompañase a las niñas, para salirles al encuentro por la puerta del segundo aposento. Y las cuatro reunidas en buena compañía, ya consoladas unas, y las otras sosegándose y consolándose también, metiéronse por las matas del jardín adelante. No tenía éste muchas flores, pues fuera de unos cuantos rosales de Jericó, otras tantas matas de saúco amarillo, de salvia, vicarias y hiedra, casi todo estaba sembrado de hinojos, planta esta muy olorosa con que suelen adornar y perfumar los altares de nuestras iglesias en días solemnes, principalmente en los de Semana Santa. Tras de este jardín, esto es, al fondo del patio, había un cuartucho para servir de abrigo a una estrecha escalera que conducía a la azotea interior de la casa; pero la puerta de aquél solo se abría cuando el Sol que bañaba el patio no era suficiente a enjugar el tendido de ropa lavada y se necesitaba más aireado tendedero.

Loreto bien sabía esto, mas también sabía que, para abrir el candado con que se cerraba, la punta de un clavo suplía a las mil maravillas la llave que cuidadosamente guardaban las beatas; pues, en edad en que el encierro es más temible que la muerte misma, no pocas veces tuvo ocasión de hacer por allí sus escapatorias a la azotea y tejados en busca de luz, de aire y de libertad; cosas de todo punto vedadas en aquella lúgubre mansión. Apenas entraron en el jardín, propuso a sus cándidas compañeritas hacer la prohibida ascensión. Negáronse ellas, por supuesto. En particular Celeste, que ya podía pesar las consecuencias de aquel paso, si llegaba a saberse, como era muy fácil; trató de volver atrás, aunque Natalia seguía afligida. La negrita, sin embargo, la contuvo y la decidió a subir con esta reflexión:

—Niña Celeste: ¿su merced no ve a sus hermanitas? Las madres no pueden oír llorar a nadie. La madre Seráfica, en particular, se pone furiosa. Ya su merced la ha visto. Dice que tiene el corazón muy sensible, y como padece de flatos...

Y sin más, sacando un clavo del seno, metiole en el candado, le abrió, y luego la puerta, por la cual entraron Celeste y sus hermanas, casi empujadas por Loreto, que era el espíritu maligno, sin duda, de aquella santa casa. Subieron con mucho tiento, pues cada cual, no obstante su edad respectiva, tenía la conciencia de que en ello se hacía mal, y llegaron a la azotea. En ella las dejaremos por un corto rato para referir la conversación de las beatas.

III

—Yo no creía que fuesen tan hurañas y tan malcriadas esas niñas —dijo la madre Seráfica, apenas las vio salir de la sala conducidas de la mano por Celeste.

—Hurañas pase, hermana Seráfica; pero, ¡malcriadas!, ¡malcriadas! —repitió la madre Agustina.

—Sí, malcriadas, no me arrepiento; porque la huraña en los niños no procede de otra cosa que de su malacrianza —repitió la madre Seráfica.

—¡Y dale que dale, hermana! ¡Cualquiera diría que no conoce al padre de esas niñas, y que tampoco conoció a su madre. Pues era una bendita, muy temerosa de Dios y amante de sus hijos.

—La madre concedo que fue mejor cristiana y todo lo demás; pero el padre, el don Rafael, hermana Agustina... es un judío. ¿Se azora? ¿Cuándo se le ha visto entrar en la iglesia siquiera para tomar agua bendita? ¿A que no se persigna antes de salir a la calle?

—Mire, hermana, que eso huele a murmuración, y la murmuración, dice el padre Caicedo, es un pecado gravísimo.

—Yo no murmuro; no hago más sino repetir lo que todo el mundo cuenta. Pues ¿por qué está tan abatido y atrasado don Rafael? ¿Por qué no puede pagar una escuela donde enseñen religión a sus hijas? ¿Por qué se ve en el caso de andarlas dejando hoy aquí y mañana allí? Claro. Porque es un mal cristiano, porque no oye misa, porque no limosna a nadie y porque no puede ser feliz el que no practica buenas obras.

—¡Jesús, hermana, y qué de despropósitos ensarta! Yo creo que el siglo está perdido, pero también creo que hay todavía almas buenas. La de don Rafael, por ejemplo, no merece la tacha de mala. Si ese infeliz padre de familia hoy no puede dar limosna a los pobres; si no se le ve practicar obras de caridad, no es ciertamente por falta de deseo, sino porque ha caído en mucha pobreza. Cuando tenía, sus manos no se cerraban para nadie, hasta para los que no eran necesitados. Nuestra hermana lo sabe tan bien como yo.

—No me meto en eso, hermana Agustina: en lo que me meto es en las intenciones de las personas. Si antes fue dadivoso, más lo fue por ostentación que por amor al prójimo. Hoy nadie duda que don Rafael se halla cargado de deudas hasta los ojos; que sus acreedores le hostigan y estrechan sin compasión; que pronto no tendrá quizás tras qué caerse muerto; más también nadie duda que aquellos polvos traen estos lodos: quiero decir, que si él hubiera sido siempre un hombre guardador, arreglado y buen cristiano, no se viera hoy como se ve.

—¡Dios nos ampare, hermana Seráfica! —exclamó en aquella sazón la madre Mónica con cierto tonillo de cansado predicador, llevándose ambas manos a la cabeza—. Cuando la madre se propone remover los huesos de un cristiano, no hay quién la oiga.

—Creía que la hermana Mónica se había muerto.

—¿Porque no murmuro de nadie?

—Porque resuella como los ahogados y se entromete donde no la llaman y cuando no le toca.

—Sea todo por Dios —repuso la madre Mónica, volviéndose a doblar el cuello como pájaro que se prepara para dormir.

—Vamos, hermana Seráfica —añadió la madre Agustina con entereza—; más humildad y paciencia pide su estado. La hermana Mónica tiene razón. Calle por ahora y ande a ver qué hacen las niñas y dónde están que no las oigo.

—Eso es: siempre la soga quiebra por lo más delgado. Hermana Agustina, perdone le diga que no puedo ir. ¿Ha olvidado que esta hora del día es la que parece escogen los mocitos que viven en los altos del fondo para asomarse y registrar de arriba a abajo el patio, comedor y sala de nuestra casa? ¿Ha olvidado asimismo que me han tirado piedras y llamándome la atención con gritos para reírseme en la cara?

—Vaya por los cuartos y dele un silbido a Loreto, que nada le sucederá.

La hermana, pues, se encaminó al interior de la casa en obedecimiento de la orden de la madre Agustina, a quien miraban todos allí con el respeto que se merecía por su doble calidad de mayor y ama. Pero antes de decir el resultado de la comisión de aquélla, veamos qué hacían y donde se hallaban las tres jovencitas, con su arriscada compañera, la muchacha Loreto.

La intención de esta al subir a la azotea no fue otra, como fácilmente se puede creer, que la de salir por breve espacio de la rígida vigilancia de sus devotas señoras, y ponerse en movimiento. Así es que, apenas allá llegó, empezó a correr de un extremo a otro, a bailar y a saltar, todo como loca. Las dos más jóvenes de sus compañeras, viéndola tan alegre, comenzaron por sonreírse, pues no hay cosa tan pegadiza como la alegría, y acabaron por secundarla en sus saltos y carreras. Pero no vaya a creer nuestro buen lector que es nuestro ánimo, al presente, contarle una catástrofe, tal como la caída o la muerte de alguna de las niñas, hasta ahora las heroínas de nuestra historia, pues no solo no es del caso un accidente de esa especie, sino que así no sucedió, ni tampoco era fácil que sucediera en el lugar en que pasaba la escena.

Porque es bueno que sepa que la azotea, que tan solo servía de techo a los cuartos interiores de la casa, estaba rodeada de un muro bastante elevado por la parte del patio, y por la contraria y el fondo, de las altas paredes de otra casa con doble piso; de modo que, a más de protección contra un riesgo de la naturaleza del que acaba de mencionarse, ofrecían agradable sombra.

El segundo de los pisos de la casa inmediata tenía un orden de ventanas que se abrían a la azotea dicha, a la altura de un hombre poco más o menos. Cuando a ella llegaron nuestras jóvenes, o advirtieron que estaban cerradas o no lo advirtieron, porque esto está en duda y hace poco al caso de nuestro cuento: lo cierto es que Celeste se reclinó de espaldas al pie de una de esas ventanas, buscando protección contra los rayos del Sol, que a aquella hora vibraban terribles. Tampoco sabremos decir si la inmovilidad y el enajenamiento que se manifestaron en la postura y expresión de la joven durante el corto espacio que allí estuvo procedían de los juegos de las hermanas, de la negrita o de la memoria de su padre, que temprano la dejó en aquella casa y se separó triste y caviloso de su lado.

El caso es que estando reclinada en la indolencia y el descuido de uno que nada teme ni espera, sintió caerle en la cabeza una cosa de poco peso, la misma que sacudida rodó a los hombros y de estos al suelo. Era un ramillete formado de tres azucenas blancas como la carne del coco y dos claveles en medio, que esparcían suavísima fragancia; y en un instante embalsamaron la atmósfera que la rodeaba. Alzó ella entonces los ojos hacia la ventana, y prontamente los bajó llena de miedo y turbación, porque lo suyos se encontraron con los ardientes de un apasionado joven que, echado de bruces, en silencio la observaba de alto a bajo.

—Celeste —le dijo al fin él, viendo que no se movía—; ¿por qué no recoge usted esas flores tan olorosas como usted es indiferente? ¿No me dará el gusto, recogiéndolas, de manifestarme que no le son odiosos mi amor y mis obsequios?

Loreto, que advirtió la acción del joven y la turbación de Celeste, antes que esta tuviera tiempo de reponerse y contestar, acercóse corriendo y levantó el ramillete del suelo. Pero sus pasos fueron sentidos abajo por la hermana Seráfica, que la buscaba, la cual, santiguándose y con muchos aspavientos, tornó a la sala y refirió a la madre Agustina lo que había oído en la azotea. Despachó esta al punto una negra ya anciana, la cual se asomó a la puerta de la escalera, y dijo:

—¡Niñas, Loreto! Las madres dicen que todo el mundo abajo, corriendo.

En oyéndola se le cayó el ramillete de las manos a Loreto, precisamente cuando ufana y alegre se lo presentaba a Celeste; y esta y sus hermanas y aquélla, como desatinadas, echaron a correr al grito de: «¡Sálvese quién pueda!», dejando estupefacto y un sí es no es mohíno al joven de la ventana.

IV

Ahora bien, si el curioso lector no está de prisa y le place, bueno será que se llegue con nosotros a la ventana aquella que en el capítulo anterior dijimos caía a la azotea de las beatas, y eche una ojeada al interior del cuarto por entre la negra reja, pues verá y oirá cosas que, si no le interesan mucho, son al menos necesarias a la consecución de esta verídica historia.

Conocidamente la habitación pertenecía a hombres solos. Era bastante espaciosa, con tres puertas: una frente a la ventana mirando a un ancho corredor, y dos más a los lados, que servían de comunicación con otros cuartos de una gran casa, cuya fachada caía a la calle longitudinal, opuesta a la de Compostela, donde dijimos que tenían la suya las beatas. Sus muebles y adornos eran pocos, pero lujosos, En el extremo de la derecha se veía una gran cama con colgaduras de seda: enfrente un tocador con loza y vasos de mármol blanco; cercano a este una percha llena de casacas y de levitas de paño y de género, algunas sillas de pajita, una butaca enana, dos columpios, varios cuadros de grabados ingleses, un mapa grande de los Estados Unidos, los retratos de Washington y Lafayette, y los bustos en yeso de Bruto y Demóstenes sobre un hermoso estante de caoba, donde brillaban los preciosos lomos dorados de muchas obras inglesas, francesas, italianas y españolas.

Desde luego se conocerá que en este cuarto había algo de extranjero, o por lo menos, que el que lo habitaba había estado en países extranjeros, en los cuales, sin duda, aprendió el arte de adornar con gusto y tino su reducida, mas aseada habitación. Y así era la verdad. El joven Teodoro Weber, único vástago sobreviviente, como lo anuncia el apellido, de una virtuosa y desgraciada familia alemana, nació en la Isla, y fue a recibir la esmerada educación que por solo patrimonio pudieron dejarle sus padres, en la patria de Franklin y de Washington. El amor al apartado rincón donde había visto la luz primera, y donde corrieron los alegres y fáciles días de su infancia, puede decirse que fue el único móvil que le trajo de nuevo a La Habana, después de diez años de residencia en Bristol.

Sin parientes, ni amigos, ni bienes de fortuna, al volver a su tierra natal no tuvo más amparo que los conocimientos que había adquirido fuera, y desde luego se puso a enseñar la lengua inglesa, que la hablaba con desembarazo y gracia. Bien pronto contrajo útiles relaciones en la ciudad, tomó crédito como profesor de idiomas, y se hizo de dinero, que era de lo que tenía gran falta.

Dos años iban pasados de su vuelta del Norte, cuando la casualidad hizo que, atravesando por delante del convento de Santa Teresa en la mañanita de un día de fiesta, sus ojos se encontraron con los de la modesta Celestina Pérez, hija del mercader don Rafael. Creyola, al principio, descendiente de franceses y aun extranjera, por el aire de su cuerpo delgado, por su flexible talle, y más que todo por la blancura nacarada de su tez y la candorosa expresión de su semblante; al que hacían notable gracia dos ojos pardos y grandes, una boca pequeña y recogida, y una frente ancha, sombreada por un cabello negro, suave y abundante. Pero la compañía de don Rafael, cuya fisonomía no podía equivocarse con la de ningún extranjero y a quién su edad y sus maneras daban desde luego autoridad de padre de la joven, lo mismo que el acento pausado y monótono de ésta; pronto sacaron a Teodoro de su error, si bien no destruyeron, antes le excitaron, el deseo de saber quién ella era, y dónde vivía. Fácil le fue conseguir ambas cosas en el mismo día, siguiéndola con disimulo así que salió del templo y preguntando su nombre y estado a una bonanza de criada que asomó a la puerta de su casa a poco de entrar en ella Celestina.

Sin embargo, aquella casa donde desapareció la bella desconocida no volvió a abrirse en muchos días y noches en que Teodoro no cesó de rondarla. Cuando más solían verse entornados los postigos de la ventana; pero si Celeste, al caer de la tarde, se asomaba a alguno de ellos, no bien llegaba su padre, acompañado de otro hombre más joven, se quitaba al punto de allí; la cortina azul que había detrás oponía obstáculo insuperable a los curiosos de la calle y no volvía a aparecer la visión, ni se oía dentro nada tampoco.

¿Por qué la joven no permanecía siquiera un minuto después en el postigo? ¿Qué lazos, qué vínculos existían entre ella y el compañero de su padre? Si éste, según toda apariencia, le trataba con llaneza, de la hija, tierna aún, exigía la política que la tratara con cumplimiento. ¿Por que aparentaba ella tan grande indiferencia por todo lo que pasaba a su alrededor? ¿Por qué, siendo tan joven y bella, había de continuo un aire de melancolía y abatimiento en su semblante? ¿Sería ésta su expresión natural? ¿Conocía el amor, o la desgracia había ya herido el corazón de aquella angélica criatura? ¡Ah! ¡En qué caos de dudas no se perdía la poética y exaltada imaginación de nuestro joven! Aquella puerta siempre cerrada, aquellos postigos siempre entreabiertos, aquella cortina siempre corrida, aquella eterna media luz de la sala, aquel silencio de la casa, no interrumpido ni por los gritos de un niño, ni por los arrullos de una paloma, ni por la voz de un hombre, a pesar de que dos entraban en ella todas las noches y cuatro mujeres la habitaban; estas cosas, que día por día fue observando, eran bastantes para excitar la curiosidad de hombre menos caviloso que Teodoro.

¿Quién habría de decir a nuestro gallardo mancebo, un año, dos meses, quince días antes, que aquella modesta morada, por la puerta de la cual había pasado tantas veces y a todas horas, sin levantar a ella siquiera los ojos, había de despertar su curiosidad e interés al extremo de convertirse en ansia devoradora? Pasados algunos días, en que ni el consuelo de ver al postigo a Celeste hubiese gozado, se hallaba él, una tarde de pie y conversando con varios amigos en la ventana alta de que hablamos en el comienzo del capítulo. Desde este sitio fácilmente se registraba el patio de las beatas, al menos la parte ocupada por el jardín. Pero como de ordinario estuviese desierto, y como ya sabía que pertenecía a mujeres de vida austera y monjil, enemigas de la luz y del aire, poco se cuidaba de él. Sin embargo, la tarde de que hablamos, en un momento de distracción se fijaron allí los ojos de Teodoro, porque le pareció advertir que un bulto blanco, con más viveza de la que prometían la edad y costumbres de las madres, pasó del corredor al jardín y se ocultó entre sus matas. Estúvose muy atento, como transfigurado. Pero a poco el bulto fue adelantándose y descubriéndose, hasta que de improviso se mostró todo a la última luz de la tarde. ¡Ah! Era Celeste. Vestía traje de muselina blanca con un pañuelo de tafetán negro a los hombros: imagen peregrina de la garza con alas negras.

Teodoro no pudo reprimir la exclamación de sorpresa y alegría que al reconocerla se le escapó; de que, advertidos sus amigos, buscaron y hallaron luego el objeto que tal impresión le había causado. Convinieron todos en que era bello y muy extraño verle en semejante sitio, y, comenzando a discurrir sobre quién sería y sobre quién se adelantaría a llamarle la atención para examinarle mejor el rostro, presentóse la madre Seráfica, y la rozagante visión, el pájaro de alas negras, como ellos lo denominaron, al punto desapareció en la oscuridad de la casa.

De aquí el odio que le cobraron a la beata. De aquí el perseguirla con gritos y aun piedras cada vez que en días subsecuentes salía al patio; pues desde luego supieron que ella era la causa de que no se presentase Celeste. Aunque estas violencias se ejecutasen contra la voluntad de Teodoro, no las contradecía, esperando surtieran el efecto que se proponían sus amigos. Por lo pronto no hay duda, sino que así sucedió; mas es el caso que, como ni la vieja ni la joven se aparecían por el jardín, todos creían que habían espantado a ambas, hasta la tarde del día en que comienza nuestra historia. Teodoro, por dicha, se hallaba entonces solo en el cuarto y vistiéndose: sintió la voz de las jovencitas en la azotea, abrió sutilmente su ventana, al pie de ella encontró con indecible placer a su bella y misteriosa desconocida, y sucedió lo que llevamos referido al final del capítulo precedente.

V

Celeste y sus hermanas bajaron de la azotea llenas de temor, y principalmente la primera de vergüenza, pues nada menos esperaba sino que las madres la reprendiesen con el tono áspero y duro que solían. Mas éstas, por influjo y respeto de la madre Agustina, cuyo discreto juicio comprendió y disculpó la acción inocente de la muchachas, nada le dijeron. Solamente la hermana Seráfica no se contentó con echar una mirada torva a Celeste sino que esperó en el segundo cuarto a Loreto y le aplicó algunos pellizcos, acompañados de otros tantos mojicones, diciéndole al mismo tiempo por lo bajo:

—¡Calla, calla, espiritada; porque te arranco el pellejo!

La pobre negrita, aunque calló y sufrió como un verdadero mártir, no pudo impedir que se le humedecieran los ojos con las lágrimas que la fuerza del dolor le arrancaba; y cuando el verdugo y la victima volvieron a ocupar sus puestos respectivos y ordinarios, cual si nada hubiera pasado, Celeste por las lágrimas de una y la palidez y tensión muscular del rostro de la otra, lo comprendió bien todo, y en lo íntimo de su corazón le pesó lo que había hecho tan solo por complacer a la misma Loreto y a sus hermanas.

Todo quedó así hasta la vuelta de don Rafael cerca de las ocho de la noche, cuando ya sus hijas desesperaban y en particular Ángela y Natalia habían comenzado de nuevo a plañir su ausencia. Venía el buen mercader más abatido y triste que de ordinario. Casi no podía hablar ni prestar atención a lo que le hablaban. Su mirada era hosca, fija, como de hombre próximo a perder el juicio. Entró de súbito en casa de las beatas, empujando la hoja de la puerta, resguardada por dentro solamente con una media bala de cañón y ni siquiera saludó con el acostumbrado Deo gratias que casi era un requisito exigido a todo viviente para darle entrada allí. Al ruido acudió la hermana Seráfica, única que a la sazón se hallaba en la sala; y sin reparar en estado de aquel hombre, le contó muy por menor las circunstancias de la escapatoria de sus hijas a la azotea. Es probable que él no parase mucha atención en el maligno cuento de la beata, pues nada le replicó; harto hizo en tender los brazos a sus alegres niñas, que apenas oyeron su voz corrieron a su encuentro y le estrecharon, dándole los nombres más cariñosos. Cuando salieron las hermanas Agustina y Mónica, y todas tenían rodeado al mercader, haciéndole una porción de impertinentes preguntas, Loreto, con el mayor disimulo, llamó a Celeste al comedor y le presentó el mismo ramilletico de azucenas y claveles que por la mañana le habían arrojado por la ventana alta.

—¿Pues no lo habías dejado en la azotea? —le preguntó la joven admirada.

—Sí, señorita; pero hace un momento que subí a buscarlo.

—¿Y la hermana Seráfica?...

—Nada sabe, y, aunque supiera, eso no importa. ¿No va su merced, niña, que ya estoy acostumbrada a los golpes?

—Yo te vi llorar, sin embargo, y bien sabe Dios cuánto me pesa haber dado ocasión.

—No hay pena por eso, niña Celeste: el llanto pasa pronto en cuanto pasa el dolor, Y luego su merced se lo merece todo.

—Con todo no vuelvas a subir a la azote. Yo te lo ruego...

—¿Y si me llaman de allá? —interrumpió la criada con maliciosa sonrisa.

—¿Quién te va a llamar de la azotea, mujer?

—El caballero que me suplicó entregara esas flores a su merced.

Celeste se puso encendida como una rosa y no replicó palabra. Estuvo corto rato indecisa sobre lo que haría con aquellas flores, hasta que al cabo las guardó en su seno a riesgo de estrujarlas, para mejor ocultarlas a los ojos de las beatas, y separándose violentamente de Loreto, se reunió a su padre y hermanas, en cuya compañía tornó a su casa.

El abatimiento y desasosiego de don Rafael no se disiparon con la vista y caricias de sus hermosas hijas; antes por el contrario, eso mismo pareció desazonarle más. Celeste, que desde la muerte de la madre, el año anterior, hacía las veces de tal con sus hermanas, Natalia y Ángela, luego que hizo que se acostaran y las dejó dormidas, se acercó a la sala, que entonces su padre medía de un extremo a otro a grandes pasos, murmurando palabras inaudibles, las cuales por no oírse no daban menos fuerte indicio del estado de su cerebro. Dio ella una porción de vueltas por los rincones, movió todos los muebles, atizó varias veces la vela que ardía en una bomba de cristal en el centro de la sala, hizo ruido con los pies, fingió tos, habló de la noche, que se presentaba ventolera y tempestuosa, de las beatas, de las hermanas, más de una vez se interpuso en el camino de su padre, todo por interrumpirle los paseos y ver de llamarle la atención, para sacarle una palabra y por ella coger siquiera el hilo de sus cavilaciones. Mas en vano. El taciturno y desatinado mercader parecía tan abstraído, tan fuera de sí, que al cabo, creyendo la pobre doncella que en efecto se había vuelto loco, oprimiósele el corazón, se dejó caer en una silla, se cubrió con entrambas manos la cara y rompió a llorar y sollozar sin consuelo.

—¿Qué tienes? ¿Qué quieres? —le preguntó don Rafael, acercándosele como admirado, como si de pronto le hubiese ocurrido que se hallaba delante de quien podía observarle, pues a la cuenta firmemente creía hallarse entonces solo.

—¿Por qué está usted triste? —replicó la joven, pasando repentinamente del dolor a la alegría y echándole los brazos al cuello.

—¿Yo? —preguntó aquel sorprendido—. No estoy triste, no.

—Como no me habla usted...

—¡Ah! —exclamó recapacitando el mercader—. Es verdad, tienes razón hija mía. Perdona. No te había visto ni oído, porque sacaba unas cuentas, Celeste, que si Dios no lo remedia me van a volver el juicio. ¿Y tus hermanas? —añadió, advirtiendo que de nuevo se anublaba el bello y sereno semblante de su hija.

—¿Usted no les echó su bendición antes de acostarse? —contestó ella bajando la cabeza para ocultar las lágrimas que iban a brotar de nuevo de sus ojos, pues conoció que la distracción de su padre aún no se había disipado y que era más seria de lo que había sospechado.

—¡Voto a ...! Es cierto. ¡Qué, si mi cabeza está como una calabaza! ¡Bah! Pero no te aflijas, muchacha. ¿Ves? Ya me tienes más alegre que unas sonajas. Yo no sirvo para cuentas, lo conozco. Tú, tú de aquí en adelante me llevarás los libros. ¿Quieres? El sueldo por ese trabajo será de un vestido, un pañuelo de velillo y un par de zapatos de raso todas las semanas, y algo más en dinero contante si fuere necesario. ¿Qué hay, te cuadra?

—Para ser útil a usted, papá, no necesito yo de paga. Su amor me basta. Le debo todo.

¡Ay! ¡Si pudiera pagarle con algo!

—No esperaba menos de ti, Celeste. ¡Eh! Anda y enciende la lámpara del cuarto escritorio, y pon sobre la mesa los papeles que te entregué ayer.

Ahora debe llegar don Camilo. Mucho tenemos que trabajar esta noche... No mando a Encarnación, porque ella es tan torpe...

—Iré, iré a encender la lámpara y a poner los papeles en la mesa y a disponerlo... Pero ¿va usted a pasar toda la noche trabajando como el lunes, y el martes, y...?

—No, es probable que no —le interrumpió don Rafael tomando entre ambas manos el rostro de la hija y acariciándoselo con la mayor bondad. Sin embargo, no porque veas luz en mi cuarto hasta muy tarde creas que estoy despierto y trabajando, pues te hago saber que mucha veces se me olvida apagarla. Tú, sobretodo, duerme, procura dormir, que a mi la vigilia no me mata, y cuando me entre sueño me acostaré.

Celeste entró en el cuarto escritorio, que era el contiguo a la sala; hizo en un instante todo lo que su padre le había ordenado, tornó a donde éste estaba, y le encontró tan agitado y taciturno como al principio. Atribuyendo su desazón a la tardanza del hombre a quien esperaba, Se asomó a un postigo de la ventana para anticiparle su llegada y abrir la puerta antes que llamara. La calle estaba oscura y solitaria. Con todo eso, la joven, a pesar de la oscuridad, alcanzó a ver a un hombre que, arrimado a la acera, se acercaba con cautela. Por reconocerle mejor, o juzgando que sería don Camilo, sacó fuera toda la cabeza. El desconocido, engañado acaso por esta acción, se encaminó entonces derechamente a la reja, en ánimo sin duda de hablarle a Celeste. Pero ella no le dio tiempo, tanto por el susto que le causó semejante aparición, cuanto porque en aquel mismo punto el propio don Camilo se acercó por el otro lado, se dirigió a la puerta, ascendió el escalón, y, antes de que tocara, ya Celeste había abierto llena de satisfacción.

VI

—Buenas noches, señorita —dijo el recién venido, en tono placentero, a Celeste, no poco satisfecho de que ella le hubiese abierto la puerta, y de la mejor voluntad del mundo.

—Téngalas usted muy buenas —contestó ella con seriedad sin moverse de su posición al canto de la hoja de la puerta—. Ya le esperaba papá.

—¿Y usted? —le preguntó por lo bajo, dándole a la voz y ademán cierto aire de misterio y de malicia muy cómico si no muy oportuno.

—Si le esperaba papá —replicó la joven alta voz, tal vez sin entender la malicia de la pregunta—, es natural que yo también le esperase.

—Parece que la rondan a usted —agregó el hombre, siempre con su aire de malicia y en voz baja.

—¿A mí? —repuso Celeste con naturalidad—. Se equivoca usted, don Camilo.

—Dudaba ya de que usted viniese —díjole en aquel punto don Rafael, quien en toda apariencia, hasta entonces no se había apercibido de la llegada de su socio—. Es tarde.

—No ha estado en mi mano evitar la tardanza, señor don Rafael —respondió don Camilo, encorvándose aún más de lo que naturalmente estaba—. Usted bien lo sabe. Si tardé ha sido porque cuando usted salió de la tienda nada quedaba arreglado, y yo no me fío mucho de los mozos. Además, que habiendo acudido algunos parroquianos en cuanto cerró la noche, me pareció que hacía más falta allí... que acá.

Esas últimas palabras las dijo casi al oído de don Rafael como para que no las oyera
Celeste.

La respuesta de don Camilo muy bien podía encerrar ya una disculpa, ya una inculpación maliciosa contra el mercader, que por venir a enjugar las lágrimas de sus hijas dejaba en abandono la tienda, siendo entonces más que nunca su presencia en ella necesaria. Mírole éste, pues, de arriba a abajo, y continuó paseándose corto rato en el mayor silencio. Al cabo se detuvo delante de su socio, que ya había tomado asiento junto a Celeste, y le dijo:

—Pasaremos al escritorio si usted gusta, don Camilo. Ahí tengo todo preparado desde temprano. Solamente esperaba por usted.

—Estoy a la disposición de usted, señor don Rafael —contestó poniéndose en pie con prontitud. Y al propio tiempo, cuando aquél volvió la cara, hizo del ojo a Celeste, se sonrió y movió la cabeza, cual si le dijera: «Tu padre ha perdido la chaveta. Está impertinente e importuno por demás."

—Tú ya puedes recogerte —añadió el mercader hablando con su hija, quien no se había repuesto aún de la especie de sobrecogimiento que le habían causado las mudas e indiscretas bromas de don Camilo.

—Yo encargaré a Encarnación del cuidado de la puerta para que le eche la llave cuando salga el señor don Camilo. Ella apagará también la luz del comedor y cerrará la sala. Descansa, hija mía, y mira si se les ofrece algo a tus hermanitas. Me pareció haberlas sentido sollozar luego que se acostaron.

—¡Las pobrecitas! —exclamó Celeste, recordando lo que las niñas habían llorado—. En cuanto cayeron en la cama se quedaron dormidas.

Luego, acercando sus rosados labios a la mejilla derecha de su padre, imprimió en ella un casto beso, que resonó en su corazón, si es posible comparar las cosas físicas, con los efectos morales, como una gota de agua en una lámina de metal, y fue a herir como una flecha de fuego el de don Camilo.

Enseguida saludó a éste con la cabeza, salió por la puerta del comedor al patio, desapareció en el segundo aposento con la rapidez y el aire de una visión fantástica.

El primer cuidado de la joven fue apagar la vela que había servido para conciliar el sueño de sus hermanas, y que ya era un estorbo para ver sin ser vista lo que pasaba en el escritorio de su padre. Después arrimó con mucho tiento una silla contra la puerta interior de comunicación, se sentó en ella, de medio lado, y aplicó un ojo al de la llave en la cerradura. (¡Perdonadle su curiosidad, que es hija y amorosa!) Desde allí todo se registraba. La lámpara que la misma Celeste había encendido poco antes por orden de su padre, ardía en el extremo de una mesa, y derramaba vacilante luz sobre varios montones de papeles colocados con separación de trecho en de trecho en el tapete de paño verde, dejando en dudosa claridad los otros muebles del rededor y las paredes, y la cama y el escritorio de don Rafael, que se hallaban en los rincones de la derecha, el uno en frente de la otra. A la curiosidad de la hija somos deudores del pormenor de la escena que ocurrió aquella triste anoche entre el mercader y su socio.

El primero de estos dos hombres se quedó en pie junto a la mesa, echó una ligera ojeada sobre los papeles que había en ella, e indicándole con el dedo al segundo, que ya había tomado asiento bajo la lámpara, el paquete atado con una cinta encarnada, le dijo:

—Ahí tiene usted las existencias de la tienda... Examine usted mi cuenta y compárela con el inventario, a ver si está exacta.

—El precio que pusimos a los efectos —repuso el compañero de don Rafael recorriendo una larga lista— fue muy bajo, por los sueldos.

—No me dijo usted eso, sin embargo, el lunes —replico el mercader con gravedad y tono de reconvención.

—Es verdad —añadió el otro prontamente—; ¿pero sabe usted cómo tenía yo la cabeza entonces? Hubiera pasado por cualquier cosa.

—Pues si a usted le parece ínfimo el avalúo, todavía tiene remedio: súbalo cuanto guste. Veremos si los peritos confirman su opinión, ¿Quién mejor que yo quisiera que las existencias alcanzasen a cubrir las deudas que ha contraído la tienda?

—Sume todo —agregó don Camilo, desentendiéndose de todas las observaciones de don Rafael— seis mil ochocientos siete pesos, cuatro reales, con un pico de maravedises. ¡Ca! —exclamó en seguida—; esto no alcanza ni para contentar a tanto y tanto hambriento acreedor como nos asedian. A fe que yo esperaba fuese mayor la existencia. Pero si esto es todo, nuestra ruina es segura, completa, ¡Ay!, yo nací en día aciago.

—Si usted no ha examinado todavía los créditos activos —le interrumpió el mercader en perfecta calma—. Desate usted el cordón blanco de aquel otro paquetico de la izquierda. Encima de todo está el resumen que yo hice anteanoche.

—¡Qué he de examinar, señor don Rafael, por el amor de Dios, si parece que todos los tramposos del mundo son los que nos deben, al paso que nuestros acreedores los más exigentes! Para pagarnos no hay quien tenga un peso; para cobrarnos todos esperan que poseamos millones. ¡Ojalá poseyésemos siquiera uno! Entonces vería usted como en vez de exigirnos nos concederían más esperas y nos guardarían consideraciones, ¡oh, mundo, mundo!

—Ahí están solamente los créditos cobrables —agregó don Rafael con la misma calma de antes.

—Los incobrables, o por lo menos de difícil cobro, los puede usted ver en aquel otro paquetico de cinta negra.

—No hay más salvación que una cuerda —prosiguió don Camilo en su tema—. Mi suerte está echada. ¡Ah! Todos vienen en esta tierra a buscar fortuna, y la encuentran más o menos fácilmente. Solo yo, infeliz, no encontrare otra cosa que un sepulcro oscuro.

—¿Y por ventura —dijo el mercader con amargo acento— el que tenéis delante, en treinta años que hace que pisó esta tierra por primera vez, a encontrado otra cosa que desgracias?

—Usted al menos ha tenido alternativas de prosperidad y abatimiento. Yo nunca, todas han sido para mí adversidades. Vea usted ahora. Cuando a fuerza de ahorros y privaciones había logrado juntar dos mil pesos, los pongo en su sociedad, quiebra usted y me arrastra en su ruina. ¿Qué tiene que esperar un hombre tan desgraciado?

Esta última reflexión, aunque desatinada, conmovió no menos al que la hacía, que al que la escuchaba. Pero parece que la debilidad misma del uno infundió valor al otro. Lo cierto es que tras breve pausa, don Rafael continuó así:

—Don Camilo, la aflicción de usted es fuera de tiempo. Cuando le admití en mi sociedad no fue para envolverle en mi desgracia. Yo sé lo que cuesta ganar un peso hoy día aquí y lo que cuesta perderle . La suerte de usted me a ocupado más que la mía propia y la de mis hijas. Usted ve que las cuentas de la tienda suben a más de veinte mil pesos y que sus créditos y existencias apenas llegan a diez mil; usted ve asimismo que ya los acreedores no conceden más esperas; que no hay materialmente con qué contentarlos; que toda esperanza de mejora es perdida; en fin, que mi ruina es cierta... Pues bien: a pesar de todo, yo espero que por lo menos no pierda usted su capital.

—¡Cómo! ¿Será posible?... ¡Tanta generosidad! Señor don Rafael, ¿es seguro lo que usted me dice? ¡Ah!...

Tales fueron las inconexas y sucesiva exclamaciones en que prorrumpió don Camilo al oír las últimas palabras de su compañero. Se levantó, quiso abrazarle, tal vez arrodillársele delante; pero él puso término a aquellas locas demostraciones prosiguiendo con dignidad:

—Sí, espero que usted no pierda su capital. Usted me ha ayudado a salvar parte de mis bienes firmando la escritura de venta que yo fingí hacer de la casa que poseo; justo es, pues, que en recompensa y consideración de que usted puso su único capital en mis manos cuando más afligido me hallaba, pague como se merece tal hidalguía y confianza. De existencia en efecto hay cerca de mil trescientos pesos; cerca de ochocientos hay también en créditos cobrables, tal vez, en todo caso con algún descuento, usted cobrará éstos y tomará aquéllos y los pondrá donde guste antes del día quince, cosa de que los acreedores no se echen encima de todo y le dejen a usted sin blanca. Así usted salva su capital y yo el techo bajo el cual se abrigan mis hijas. Nuestra suerte es igual.

—¡Oh, señor don Rafael! —exclamó al punto don Camilo—. Yo soy deudor a usted, no ya solo de ese dinero, que es todo lo que poseo sobre la tierra, sino de la vida, porque aseguro a usted que, en caso de perderle, me hubiera degollado sin remedio. Déjeme abrazar siquiera sus rodillas.

—Déjese de eso, don Camilo; me basta la buena amistad de usted —dijo el mercader dando un paso atrás y conteniendo al amigo que iba a echarse a sus pies.

—¡Oh! Mi amistad será eterna, señor don Rafael.

—Solo he de merecer un favor de usted, y es el de que firme un documento...

—Usted no tiene que pedirme nada, sino mandarme. Firmaré lo que usted guste.

—Yo no desconfío de la honradez y nobleza de alma de usted, don Camilo —prosiguió el mercader con amable sonrisa—; pero tengo tres hijas, amigo mío, quienes en caso de morir yo de repente, cómo es muy fácil que suceda, pues somos hijos de la muerte, se quedarían no solo sin un pedazo de pan que llevar a la boca, mas también sin un rincón donde meterse. En este documento —y le presentó un papel sellado, escrito por dos caras— consta que la venta que yo le he echo de mi casa, no es más que simulada para evitar mi total ruina y la de mis pobres hijas. Como usted no es responsable de las deudas sino en cuanto monte su dinero puesto en la sociedad, mi casa siempre quedara a salvo.

—Me parece muy razonable, muy justo, muy del caso esa precaución de usted, señor don Rafael. ¿Dónde debo firmar? Aquí a la derecha de usted para dejar hueco a los testigos, ¿no es eso? Muy bien.

Examinaron otros papeles, revisaron varios libros de cuentas, siguieron hablando de diferentes cosas alusivas a su comercio y situación respectiva, y se separaron los mejores amigos del mundo. En particular don Camilo no cabía de júbilo, ni sabía cómo mostrar bastantemente su gratitud a don Rafael. Este, apenas salió el otro por la puerta, cayó como abrumado en una silla.

VII

¡Qué secretos tan terribles había averiguado aquella noche la tímida e inocente Celeste!

¡Su padre próximo a perder la mayor parte de sus bienes y quedarse completamente arruinado, pues no tendría crédito ni medios con qué emprender de nuevo el comercio de géneros, y en la necesidad de confiar lo único que le restaba, la casa donde vivía, a la honradez de don Camilo, para ver de salvarla de sus exigentes acreedores! He aquí descifradas la agitación y la angustia en que batallaba el espíritu de don Rafael hacía algunas semanas.

En aquel momento en que él parecía tan magnánimo y generoso, quizás por lo mismo que el don Camilo se mostraba tan pacato y bajo, de muy buena gana hubiera dejado la joven su escondite para correr y abrazarle. Pero la contuvo el temor de que descubriese su padre que ella le había estado observando, y sobre todo el ver que apagó la luz y se echó en la cama luego al punto, vestido cual se hallaba. Sin embargo, allá en su interior juró ella amarle y servirle en adelante con doble cariño, ahorrarle los trabajos y penas posibles, y especialmente respetar los secretos que la casualidad le había revelado, y que parece don Rafael quería ocultar hasta el fin a sus hijas.

También es verdad que, séase estudio, séase que al cabo don Rafael se fue conformando con su suerte, pues no tenía humano remedio, desde aquella noche triste aparecieron su semblante menos hosco, sus palabras menos breves y sus maneras más fáciles, aunque continuaron las reuniones nocturnas con don Camilo, y aunque continuaron asimismo el examen de papeles y cuentas y el arreglo de libros. Esto, en cierto modo, tranquilizó a Celeste, que todas las mañanitas, según ya era costumbre, en compañía de sus hermanas y de su padre pasaba a casa de las beatas, en donde permanecía hasta la noche, esperando siempre que Dios acaso remediara las desgracias de aquel, y que, cuando todo turbio corriese y perdiera la tienda, podría emprender otro negocio, y ayudarle ella, y sacar más utilidad del trabajo de ambos reunidos. «La esperanza —decía Chateaubriand—, que nació con el hombre y le acompañó en los desiertos de la vida, no le desampara hasta la tumba, y aun allí se sienta sobre su losa.» ¿Ni que cosa más bella ni más halagadora encierra el mundo para el joven corazón que la esperanza? La esperanza de un placer desconocido, o de alcanzar un bien cualquiera, que excite nuestra curiosidad o nuestro afecto, ¿a cuántas almas de más gravedad que la de Celeste no ha remecido y alejado de los males y miserias de la vida?

Celeste, pues, según íbamos diciendo, con la tristeza y preocupación de ánimo que le había infundido el estado aflictivo de su padre, casi no había tenido espacio para pensar; al menos no había vuelto a ver al joven que la tarde de que hablamos en capítulos anteriores le arrojó un ramillete de azucenas y claveles en la azotea de la casa de las beatas. Pero, cuando más descuidada estaba, sucedió que al pasar ella por el jardín, a la hora en que salen las mariposillas nocturnas a zumbar entre las flores, en empiezan a verse algunas estrellas, y el cielo torna a su purísimo color azul; como se detuviese junto a un coposo rosal, sintió caer entre sus ramas una cosa, la cual rodando vino hasta el suelo, no distante de sus pies. La miró de reojo y se puso más encendida que las mismas flores del rosal, pues nada menos era que un papelito rosado envuelto en una lágrima de cristal y atado ella con una cinta de seda color violeta. Alzó entonces la vista con no menor disimulo que timidez a la azotea, y por entre la reja de la ventana alta que daba sobre ella le pareció divisar una persona de pie, que la observaba atentamente; por lo cual, bajando la cabeza con el mismo disimulo, prosiguió su paseo al fondo del patio, dio media vuelta y entró por los cuartos en busca de Loreto, la arriscada negrita, esclava de las beatas, que dimos a conocer a nuestros lectores en el capítulo primero de esta verídica historia.

Luego que la encontró, se le acercó la joven muy asustadita, le echó los brazos al cuello, le aplicó los labios a las negras orejas, y, más que con la voz y la palabra, con el aliento, le dijo:

—Loreto: ¿sabes que al pasar por la mata de rosal de Jericó grande sentí caer un papelito rosado que me pareció...?

—Y ¿porqué no lo recogió su merced? —saltó al instante, interrumpiéndole, la negra.

—Porque no sabía para quién era, luego me dio miedo...

—¿Miedo? ¿De qué? Yo voy a traerlo.

—Ven acá —le atajó Celeste con la voz y las manos—. ¿Y si te ven?

—¿Quién, niña? ·

—¡Oh! ¡Tantos!

—Nadie. ¿Las hermanas no están ahora en la sala oyendo con la boca abierta los cuentos y las boberías del padre Caicedo? En teniendo ellas con quién hablar de sus santos y de sus rezos, no se acuerdan de nadie de este mundo. Con que déjeme ir.

—Pero ¿no hay más que las madres que te pueden ver?

—¡Jesús, niña Celeste! No creía que fuese su merced tan miedosa. Ahora verá como corro, voy, cojo el papel, lo traigo escondido en el seno, y no ve ni lo sabe la tierra.

Y diciendo y haciendo, fue y trajo el consabido papelito envuelto en el roto canelón de cristal, y se lo presentó a Celeste, quién toda temblorosa y turbada lo tomó en sus manos.

No obstante, aún la mayor dificultad quedaba por vencer. ¿Cómo resolverse a abrir y enterarse del contenido del papelito sin rubor y sin sobresalto? Si grande era su curiosidad, grande era su modestia, y aquella la primera situación de su especie en que se veía colocada Celeste. Esperaba leer palabras dirigidas a ella en que tal vez antes había soñado; esperaba asimismo el desengañarse y convencerse de que era el objeto de la atención amorosa de un joven si desconocido, interesante; en fin, esperaba que aquella sería la hora en que su alma inocente debía sufrir el sacudimiento extraño, grande, delicioso, de la pasión amor; y por consecuencia, su estado era semejante al de la joven que por la primera vez se presenta en un baile, baila y bailando teme y desea, tiembla y se ríe, padece y goza, todo a un tiempo. Todavía hay inocencia en el mundo, y de ello da testimonio la mujer en su primer amor.

En notándola Loreto tan ruborizada y perpleja, ella que ardía en la curiosidad más grande de enterarse del contenido del papelito o billete, se acercó a Celeste, que se hallaba recostada contra el canto de la puerta del patio, y, poniéndole la mano suavemente en el hombro, le dijo:

—¿En qué se detiene, niña, que no abre y lee ese papel? ¡Ah! Si yo supiera leer letra de pluma como sé leer letra de molde, no leería, por cierto, solamente las novenas que me dan las hermanas.

—Y ¿qué leerías entonces? —le preguntó Celeste, que buscaba un cómplice para acallar su conciencia, ya alzada a juez de su causa amorosa.

—Leería —contestó la muchacha, titubeando un poco— cartas de amante.

—¿Le tienes tú?

—Nunca falta un roto para un descosido, niña. Porque sin ir muy lejos, hay un mulatico, sastre, que todas las tardes, cuando yo subo a la azotea, desde la azotea de otra casa que está allá atrás me hace señas con un papel; y como yo no sé leer, le digo que no lo mande, y él parece que entiende que yo no lo quiero ni su papel.

—Pues puede que sea éste para ti.

¿Lo creía así Celeste? De seguro que no. Ella había visto la mano que lo lanzó a sus pies, y esa mano no podía degradarse haciendo tales obsequios a una criada, esclava por añadidura. La salida de Celeste no era más que un nuevo refugio que buscaba en el afán de acallar la conciencia, despierta a extrañas y poderosas pruebas. Así parece que lo comprendió la misma Loreto por aquel instinto tan perspicaz en las mujeres en semejantes casos.

—Vaya, niña —le repuso—; que su merced se quiere hacer la chiquita conmigo. A mí no me escribirían en un papelito tan lindo. Ábralo la niña, si no, y se desengañará por sus ojos.

En efecto, Celeste, que ya le había perdido el miedo casi, lo abrió con mano temblorosas, sí, y labios pálidos, más con resolución. Lo primero en que dieron sus ojos fue en su nombre abreviado, que servía de vocativo a una declaración amorosa donde el joven Teodoro Weber le pedía con mucha insistencia repitiera sus paseos al jardín de aquel convento de nueva especie, y se asomara más a menudo al postigo de su ventana, para gozar de la dicha inefable de verla si quiera, quien no podía hablarle y oírla todos los días y a todas horas.

Mientras Celeste leía, seguía Loreto su vista con los ojos; y como la viesen ponerse colorada a medida que avanzaba en la lectura se echó a reír con risa tan maliciosa, que la joven a toda prisa concluyó, y fue a ocultar su vergüenza y confusión al lado de las temibles beatas.

VIII

Aun en medio de las tres santas mujeres, que platicaban con el padre Caicedo, según le había llamado Loreto, no encontró reposo Celeste. Parte por la lectura del billete, que llevaba entonces en el seno; parte por la risa de su confidenta, risa que todavía le resonaba en los oídos, en el tumulto de su corazón no le permitía pensar ni poner atención en lo que pasaba y se decía en torno suyo. ¿Renunciaría de allí adelante —meditaba ella— a sus paseítos por el jardín? ¿Se estaría todo el día contemplando las caras pálidas y dolorosas de las hermanas Agustina y Mónica y la adusta de la Seráfica, sin respirar un momento siquiera el aire libre y el ambiente embalsamado del jardín, solo por contradecir el deseo de un hombre tan galán como Teodoro? ¿Perdería tan dulces placeres a trueque de no ser vista de quien la adoraba en toda apariencia? ¿Qué mal le vendría de ello? ¿A quién ofendía con acto tan inocente? Al cabo, costaba tan poco dar gusto a Weber, que, aunque ella misma no sintiese la necesidad de los paseítos de la tarde, allá en sus adentros se propuso continuarlos como de costumbre para no llamar la atención de nadie si de repente los interrumpía.

—Por otra parte —decía ella hablando con sigo misma—, ¿cómo ha de presumirse Teodoro que salgo al jardín por darle gusto, cuando sin eso lo he hecho hasta ahora? Más bien repararía si no saliese. Además, que él no me vio levantar el papelito. ¿Por dónde ha de saber que lo he leído?

Tal es el corazón de la mujer y el más seguro de la modestia que la realza: desea ser vencida en las batallas de amor, pero no confesar su derrota, ni a su propia conciencia, sino cuando, desarmada y sin fuerzas, los suspiros y las lágrimas publiquen el triunfo del contrario.

Pues, como decíamos en nuestro cuento, fueron tardes y vinieron tardes, durante las cuales Celeste, más o menos temprano, más o menos oscurecido, no dejó de pasar por el jardín, ya con un pretexto, ya con otro, y en todas ellas, o bien caía un nuevo papelito, que era después recogido por Loreto, o bien, ojeando disimuladamente a lo alto, siempre veía la figura erguida y noble del desconocido, fija, clavada tras la reja, como la estatua de la contemplación.

No sabremos decir que es lo que pasaba en tales circunstancias por el alma del mancebo; si hemos de explicar las sensaciones de la de Celeste, apenas hallaremos frases bastante significativas ni espacio acomodado para hacerlo debidamente. Figuraos, si gustáis y podéis, buen lector, una muchacha de talle y cuello delgados, de ojos oscuros y mirada lánguida, indicios seguros de su sensibilidad exquisita, que durante un día entero, al lado de mujeres adustas y severas, cosiendo, leyendo y rezando de malísimo talante, ha contado minuto por minuto las horas de la mañana, valiéndose ya de los relojes de la ciudad, ya de los latidos de su corazón, ya del rayo de Sol que penetra por la rendija de la puerta, y ya, en fin, de los arrullos de las palomas, que van siendo más melancólicos según se aproximan las sombras del crepúsculo. Figuraos también que oye de improviso las cinco y media en el convento vecino, y se levanta, pone la costura o el libro devoto a un lado, se acerca a uno de los retablos, se apoya de codos en el borde de la mesa o tarima que le sostiene, finge contemplar la imagen fría y abigarrada que encierran los empañados cristales, y no hace otra cosa que espejarse la suya viva y gentil, y alisarse el cabello sobre las sienes con la blanca y pulida mano, y apartarse del cuello o los hombros el pañuelo negro y enlazar las puntas de este con un alfiler en el seno. Si seguís observándola, la veréis que, con paso incierto, se dirige al comedor, donde humedece sus labios en un vaso de agua, pues no tiene sed; que mira hacia atrás en cada segundo, pues teme que la sigan, noten y adivinen su pensamiento; y que, por último, penetra en el jardín, donde la aureola de inocencia que rodea su cabeza brilla entre las flores como un lucero entre apagadas estrellas.

Entonces comienza la lucha interior de su espíritu. Desea ver sin ser vista, desengañarse de que es observada de arriba sin exponer su pudor a un encuentro de miradas que la imaginación le pinta como el colmo de la imprudencia. Y entre tanto siente, por decirlo así, esa misma mirada que cae sobre su cabeza y la cubre de alto a bajo, como un pájaro disforme que la acaricia y asusta a un tiempo con sus invisibles alas. Las más altas ramas del jardín le parecen tan bajas, que creería lastimarse el cuello si no tuviera la precaución de doblarlo diez pasos antes de llegar a ellas. Y corre, y se detiene de pronto, y arranca una flor, que se le desprende de las manos sin sentirlo, y muerde una hoja, y quiebra un tallo, todo maquinalmente, hasta que saliendo fuera, es decir, a donde no pueden verla, respira con fuerza, al modo del que contuvo el resuello para zambullir y atravesó bajo el agua más trecho del que sufría su aliento.

Probable es que Celeste no previese todas las consecuencias que debían traerle esas concesiones mudas y al parecer muy inocentes; como tampoco el efecto que producirían las esperanzas de él, y abriendo camino al amor en el corazón de ella, a la postre se encontraron firmemente apasionados el uno de la otra, y en tácita correspondencia.

Después del primer billetico, que fue el más largo, los restantes hasta cinco o seis vinieron concebidos en estos o semejantes términos: «Gracias, Celeste mía», rezaba el uno; «¡Qué bella y qué amable!», contenía el otro; «¡Cuánto ha tardado usted hoy!», un tercero. El cuarto estaba lleno de quejas por no haber ella permanecido en el jardín gran rato; en el quinto le rogaba que extendiera sus paseos hasta la azotea como la primera tarde; y por último, en el postrero ya no se contentaba con que subiera, sino con que se acercara a la ventana de su habitación y le oyera dos palabras.

Esta proposición no pudo menos de causar en el alma de Celeste una sensación de disgusto y aun de enojo, porque la idea no más de verse a solas con un hombre casi desconocido la hacía temblar y palidecer de susto; pero a poder de rogárselo su amartelado, y a poder de mandárselo secretamente su propio naciente afecto, poco a poco fue familiarizándose con ella, hasta que confesó a Loreto sus dudas y los deseos de su galán.

Esa loca muchacha, por sentado que allanó en un instante cuantas dificultades se presentaron, y no contenta con esto prometió a Celeste acompañarla y velar, no fuera que la sorprendieran en la entrevista. Convenidas, pues, en la hora, que era la del crepúsculo, cuando las madres estaban más entretenidas en la sala, entrambas jóvenes se dirigieron a la puerta del cuarto donde caía la escalera de la azotea, dejando entre las flores y sus muñecas a las dos candorosas niñas, cuyas almas aun dormían en brazos de la inocencia. Había metido Loreto la punta del clavo que hacía veces de ganzúa en el ojo del candado, a la sazón que se oyó la voz chillona de la hermana Seráfica.

—Volvámonos —le dijo Celeste, casi muerta de susto.

—No, no —replicó la criada con entereza—. No se mueva su merced de aquí. Sería mucho peor. Déjeme ver que quiere ese fantasma. Ahorita vuelvo.

Dicho y hecho: corrió y volvió en un instante.

—Nada, nada, niña —dijo—; no me llamaba más que para saber donde nos hallábamos. Yo le dije que jugando a las chinitas. Arriba.

—Estoy arrepentida —balbuceó la joven, agarrando con una mano la baranda de la escalera, mientras que con la otra sujetaba a Loreto por la falda.

—¡Arrepentida! —repuso esta—. No lo vuelva a decir, niña, si no quiere que digan con razón los hombres que las mujeres no tienen palabra.

—Pero si yo no he prometido subir.

—¿Cómo que no? Su merced ha prometido subir.

—¡Yo! ¿Cuándo? ¿Dónde? ¿De qué manera?

—¿La niña no leyó el papelito en que le pedía la cita?

—Sí.

—Y ¿qué contestó?

—Nada.

—Pues el que calla otorga.

Poca lógica y mucha menos astucia se necesitaba para convencer y seducir a quien tan prevenida estaba ya en favor de Teodoro. Así es que, disputando y subiendo llegaron a lo alto de la escalera, donde Loreto descorrió el pestillo de la puerta superior, lo abrió y empujó suavemente hacia afuera a la tímida y ruborizada Celeste. Aquella lucha entre dos mujeres casi de una misma edad, lucha de la inocencia con la malicia, del pudor con el descaro, de la virtud con el vicio, revelaba elocuentemente la educación y condición de ambas, al mismo tiempo que ponía de manifiesto una de las fuentes de los males que trabajaron y al fin echaron por tierra el coloso de Roma.

IX

Asomaba la Luna por el oriente, desvaneciendo poco a poco las tinieblas con que la noche amenazaba envolver la tierra. La ciudad toda parecía salir del caos, surgiendo a trechos las blancas torres de sus iglesias, luego los techos colorados y blancos de sus casas, y las almenas más elevadas, las cuales, en parte ennegrecidas por la oscuridad, ofrecían aquellos raros y mágicos contrastes que ningún pintor ha podido trasladar al lienzo, ni ningún poeta describir con la exacta verdad de la naturaleza.

El cielo también ofrecía un aspecto grandioso. Clareado todo en torno al horizonte que alcanzaba la vista, notábase en lo alto de la bóveda más profundidad que de ordinario, un azul más fuerte, y los millones de estrellas que en ella brillaban aparecían como colgadas, vacilantes y próximas a ser apagadas al antojo del observador. Templo inconmensurable y sublime de la creación, no era por cierto Celeste la criatura que entonces debía levantarse a su consideración y adorar la mano del divino artífice, porque, si bien le sorprendieron tanta belleza y diafanidad, su ánimo, sobrecogido con el paso que iba a dar, apenas sentía las fuerzas necesarias para moverse y discurrir el verdadero punto a donde se dirigía. Esto, su traje blanco con pañuelo negro al cuello, la esbeltez natural de sus formas, que ponía de manifiesto la luz suave de la Luna iluminándola de soslayo, su aparecimiento repentino por la puerta gacha y oscura de la azotea, y más que todo, su aire y su paso tímido, inseguro, le semejaban a una de esas criaturas fantásticas, aéreas, de que ha poblado sus regiones la imaginación sombría de los hijos del Norte.

—Loreto, Loreto —repitió la joven, volviendo la cabeza atrás para ver donde quedaba y apoyándose en el muro—. Tengo miedo.

—¡Oh, señorita! No creía que su merced fuera tan miedosa. Si yo no hiciera más falta aquí que allá, ya vería la niña lo que se llama una mujer guapa. ¿Se la van a comer a vuestra merced? ¿Qué le ha de hacer el niño de la ventana? ¿No está la reja de por medio? No se saldrá el tigre de la jaula, no; pierda su merced el cuidado. ¡Mire, mire!, me figuro que ya se ha asomado.

La pared en que estaba abierta la ventana del cuarto de Weber presentaba todo el flanco al sur, y, por consecuencia, la Luna, que asomaba al oriente, no la había iluminado; a lo que se agrega que, no habiendo aún luz en la habitación, era natural que, si bien a poca distancia Celeste y Loreto, no distinguiesen claramente si había o no alguien detrás de la reja. La primera, temblando de pies a cabeza al oír el aviso de la segunda, dio un paso adelante, y de improviso retrocedió corriendo y casi sin aliento, y dijo:

—Me parece haber oído la voz de la hermana Seráfica. Bajemos, Loreto, por el amor de

Dios. Ahí no hay nadie.

Metió Loreto la mitad del cuerpo por la puerta de la azotea, se inclinó sobre la escalera y estuvo escuchando por breve rato con mucha atención. Enseguida se enderezó y repuso:

—Su merced sueña. No se mueve una paja por allá abajo. Camine su merced arrimadita al muro, que yo me quedaré en el primer escalón sentada, por si viene alguien avisarle con un silbido.

—Es inútil todo eso, Loreto. No puedo dar un paso; las piernas me tiemblan; no son mías; voy a caerme si tú no me acompañas. Bajemos que ya es tarde.

—¡Caramba! —exclamó la negra impaciente—. Cuidado, que donde se plantó su merced con su miedo se acabaron todas las mujeres miedosas. La acompañaré; vamos.

Celeste rodeó con su blanco y torneado brazo izquierdo el negro cuello de Loreto, y sirviéndose del muro como de un pasamanos, fue poco a poco acercándose a la ventana, hasta que estuvo a diez pasos de ella. Entonces ambas jóvenes oyeron una exclamación de sorpresa y de alegría que partió de atrás de la reja. Detuviéronse, y poco después le figura gentil de Teodoro Weber se mostró de lleno a sus turbados ojos.

—Aquí me tiene usted. ¿Para qué me quería? —preguntó Celeste estrechando más y más a Loreto y haciendo un gran esfuerzo por echar entera y sonora la voz.

—¡Ah! ¡Celeste! ¡Hermosa Celeste! —volvió a exclamar el joven, enajenado de placer—. ¡Cuánto debo agradecer a usted este favor! Tanta dicha nunca me atreví a esperar de la suerte. ¿Para qué ha de quererla quién la adora, sino para repetírselo y protestárselo una y cien veces si es necesario?

—Como Loreto me ha dicho esta mañana que usted deseaba hablarme —le interrumpió Celeste con timidez—; he venido más bien por darle gusto a...

Weber no había dicho nada a la muchacha medianera. Semejante idea no había sido sino una oficiosidad suya. Así lo comprendió él al punto, y dijo sonriendo:

—¿Eso le ha dicho? Yo se lo supliqué encarecidamente, y ya venga usted por darle gusto a ella o a mí, en nada disminuye mi agradecimiento ni mi dicha. Pero ¿no ha leído usted mis cartas?

—¿Le digo que sí? —preguntó Celeste, al paño, a Loreto.

—Por sentado —respondió esta en el mismo tono de voz.

—Sí, he leído las cartas de usted —añadió aquélla, más alto a Teodoro—. Pero le advierto que no vuelva a arrojarme otras, porque las hermanas pueden pillarlas y me compromete.

—Bien, no le arrojaré más cartas; más en cambio prométame usted que esta no será la última vez que yo la vea ahí.

—La última.

—¡Cruel! ¿Y por qué?

—Porque me es imposible.

—¿Y esta noche?

—Esta noche me han traído, me han arrastrado...

—¿Y esa misma persona que la ha traído, que la ha arrastrado, como usted dice, ya no podrá traerla más ni arrastrarla?

—No, no.

—¿No valdrán ruegos, lágrimas, pruebas de amor las más ardientes?... ¿Pasará usted por la mujer más ingrata y fría del mundo a trueque de no concederme un favor que tan poco le cuesta?

—¿Que tan poco me cuesta? ¡Oh! Sí, es verdad lo que usted dice: tiene usted mucha razón... ¿Nada me cuesta burlar la vigilancia de las suspicaces hermanas y subir de noche a esta azotea para..?

—¡Ah! Perdone usted, hermosa Celeste, perdone mi desvarío. Pero bien, prométame usted siquiera que me oirá y me permitirá verla en otra parte; en la ventana de su casa, por ejemplo.

—¿Por qué no habla usted con mi padre?

—Yo no le conozco: sin embargo, solicitaré su amistad; mas entretanto...

—¿Qué tiene usted que decirme?

—¡Oh! ¡Tantas cosas! ¿Qué dicen las corrientes a las flores que acarician en su orilla?

¿Qué dice la cascada a los bosques dentro de los cuales se desata y rompe en bullente armonía? ¿Qué dice la brisa a los árboles y flores que mece de continuo? ¿Qué el mar a las playas que cubre y descubre en su incesante flujo y reflujo? ¿Qué el pez al pez, el ave al ave, el insecto al insecto, la flor a la flor, el cielo a la tierra, la luz al universo?

¡Ah, Celeste! Todos dicen...

Pero ¡adversa suerte la de Teodoro! Estaba visto que sus pláticas con Celeste habían de ser siempre cortas y súbitamente interrumpidas. Como en la primera tarde en que esta subió a la azotea, fue llamada de repente, con la diferencia, sin embargo, de que por esta vez la misma hermana Seráfica con voz gangosa y penetrante se encargó de gritarle, cosa rara y muy notable en aquella áspera señora. Apenas resonó en el oído de las dos jóvenes el grito, sin esperar ni a que Weber terminara la frase, echaron a correr a competencia de cuál cogía primero la puerta de la azotea. Juntas ganaron la escalera, y juntas comenzaron a bajar con tiento; pero Celeste, al tercer escalón, sintió que de súbito la abandonaban las fuerzas, y se dejó caer sentada, diciendo en la mayor angustia y anegada ya en lágrimas:

—¡Dios mío, Dios mío! ¡Soy perdida! ¡Loreto: por lo que más quieras en este mundo, sálvame! ¡Mira que si me ve la hermana Seráfica, de la vergüenza y del susto me caigo muerta! ¡Ah! ¡Tú tienes la culpa de lo que sucede! Yo no quería subir.

Dura, injusta era la reconvención, Loreto, aunque muchacha de cortos alcances y de humilde condición, acostumbrada a todo género de injusticias, reconoció la enormidad de la que le hacía aquella joven que se había bajado hasta ella por un momento; por lo que mirándola de reojo, si bien por haberse cubierto la cara con entreambas manos y por la oscuridad de la escalera casi no podían verse la una a la otra, le dijo con expresión irónica y acento de amargura:

—La soga siempre quiebra por lo más delgado. Es verdad: yo tengo la culpa. Pero si su merced no se hubiera andado con melindres y miedos, hubiéramos subido y bajado sin ser notadas de nadie. Ahora no debemos pensar en esto. Yo voy a salvarla. Quédese la niña ahí.

—¡Aquí! —exclamó la joven llena de terror—. ¡Aquí! ¡Ah! Me muero. Y se enderezó en ánimo de seguir bajando.

—Pues si su merced no hace lo que yo le aconsejo —replicó la criada con seriedad—, no me pida que la oculte de la hermana Seráfica.

—Pero ¿no se te ocurre otro medio que el de dejarme aquí sola, en esta escalera tan oscura? Bajaré siquiera al pie.

—Bueno, baje su merced y escóndase detrás de ella, mientras que yo salgo al encuentro de la hermana Seráfica y la engatuso. Aunque sienta cerrar la puerta por fuera, no se asuste: soy yo, que volveré al momento por su merced.

Oyose entonces otro grito de la hermana Seráfica y las voces de las niñas, a quienes indudablemente ya inquietaba la tardanza de su hermana mayor. Loreto acabó de descender con una ligereza inconcebible, cerró la puerta del cuartucho, valiéndose del clavo que le servía de llave maestra, y metióse por el jardín en demanda de las niñas y la beata. ¡Figúrese el lector como quedaría la blanca paloma de Celeste allí enjaulada!

X

Tiempo es ya que digamos otras cuatro palabras acerca del joven de la ventana, como, por no estar ciertas aún de su nombre, le llamaban Loreto y Celeste.

Más fácil es de concebir que de pintar la sensación de disgusto y pesar que experimentó el noble corazón de Weber al ver que por segunda vez el temor o el ningún afecto le arrebataba de la vista su ídolo cuando le creía más cercano de sí y más firme. Joven, de alma varonil y fuerte, tuvo momentos en que casi le pesaba haber puesto su ardiente cariño en una niña a quien el ruido de las alas de un pájaro daba espanto, y que lo mismo se acercaba al peligro que huía de él despavorida.

Todavía a las puertas de la vida, y ya la duda le había herido con el helado soplo; y en el extravío de su buen juicio el temor de la doncella tomaba a sus ojos el aire de la frialdad de alma, la modestia el de la hipocresía, y la virtud el de la malicia.

—¿Quién me dice —repetía él hablando consigo mismo— que no soy el juguete de una hipócrita, en cuya hermosa y serena frente se pintan bien los colores de la inocencia?

¿Por qué le inspiran tanto temor unas pobres mujeres que no son ni parientas suyas?

¿Por qué accede a mis ruegos con tanta facilidad, si a la mejor ocasión me huye y deja con la palabra en la boca? Su encierro en casa... el hombre que todas las noches entra en ella, la conducta equívoca que observa conmigo... ¡Ah!, la duda es un dogal.

Muy rara debe ser la inocencia en un pueblo donde ni las personas de instrucción y moralidad creen en ella a primera vista.

Pero para que se vea lo que es el corazón humano: a pesar de esto y de los celos que combatían el espíritu de Weber, no solo no se movió de la reja largo rato después que Celeste desapareció de la azotea, sino que quedó esperando su vuelta con la mirada fija inmutable en la oscura puerta que se había abierto y cerrado violentamente tras ella, Cuando el ruido de sus pasos sordos por la escalera, que a fuerza de volverse todo oídos pudo oír desde su sitio, sucedió el silencio mortal de la desaparición completa de ambas fugitivas, se apoderó de su alma una ansiedad indecible. Quería derribar la reja, saltar a la azotea, penetrar por donde ellas habían penetrado, y ver y oír a Celeste sin ser visto por ella, después de la escena que tan brusca como inopinadamente había interrumpido la voz chillona de la beata.

Mas a la sazón que esto pasaba en su espíritu caviloso e inquieto, oyó un grito de terror como apagado por la proximidad del mal o del objeto que le causa. Prestó mayor atención, volvióse todo oídos, y durante unos cinco minutos, que a él le parecieron siglos, no escuchó otra cosa que los latidos de su corazón, el cual del sobresalto se le quería salir del pecho; sin embargo, al cabo de ese breve espacio ya no fue solo un grito lo que vino a turbar el silencio de antes, sino muchos a la vez, y voces y sollozos de niños y mujeres, que todos salían del patio de las beatas, Luego vio luces por entre las ramas del jardín, y la forma de muchos cuerpos deformes que rodeaban uno esbelto y blanco. En éste creyó o en efecto reconoció las formas y fisonomía de Celeste; por lo cual, precipitándose de la ventana al cuarto, le perdimos de vista en las tinieblas que aún allí reinaban.

Evidentemente, la escena que entonces pasaba en el jardín de las beatas, por más de un motivo era lamentable.

En la puerta del cuartucho, que Loreto había cerrado con tanta precipitación al que bajó de la azotea, se encontró con las hermanas de Celeste ya medio llorosas y grandemente afligidas, las tomó de la mano sin decirles palabra, y se dirigió muy serena y resuelta hacia el segundo cuarto, donde se hallaba la hermana Seráfica.

—¿Donde te habías metido, espolón del diablo? —le dijo ésta apenas la vio asomar—. Merecías que te arrancara las orejas para ver si oías cuando te llamaban. Tú, tú vas a ser la causa de mi condenación. ¿Quién no se encoleriza y pace contigo?

—Es cierto, hermana Seráfica, que yo oí desde el principio sus gritos —repuso la negra afectando humildad—. Pero como estaba jugando a los escondidos con las niñas; y a mí me había tocado esconderme, no podía responder porque si respondía...

—¿Y estas son horas de jugar? —le interrumpió la beata, cuyo enojo, en vez de disminuirse, se aumentó con la mentirosa disculpa de la criada—. Ven acá, ven acá —añadió echándole garra con sus huesosas por entrambas orejas—, ven, espiritada, que quiero que te vea la hermana Agustina y sepa quién eres tú.

Prorrumpieron en llanto las medrosas niñas al ver la acción y las desencajadas facciones de la Seráfica, doblemente horrible en el arrebato de la cólera; pero no las soltó por eso Loreto, ni porque esta la arrastraba a la sala, pues al tomarlas de la mano siempre fue su intención que las inocentes le sirvieran de escudo contra el primer arranque de la ira de sus amas. Y no le salió mal el cálculo, porque, no pudiendo vencer la fuerza de resistencia que ella oponía, dejó de tirarle por las orejas, y le dijo:

—Bien, no tengas cuidado, que tú las pagarás todas juntas. Agradece por ahora a esas niñas —y ya casi le había desprendido las orejas de la cabeza— y al padre Caicedo, nuestro confesor, que está en la sala.

Y como si de repente se acordara de la hermana mayor de Ángela y Natalia, preguntó:

—¿Y Celestina? ¿También jugaba contigo a los escondidos?

—Sí, señora —respondió Loreto pasándose el brazo por los ojos como si se enjugara las lágrimas—. Ahora le tocaba a ella esconderse y está escondida... esperándome.

—Ve por ella, maligna. Corre.

Las niñas, temblando como las hojas de los árboles, quedáronse al lado de la hermana Seráfica, mientras Loreto, más alegre y contenta de lo que esperaba por el resultado de su estratagema, corría al cuartucho en que había dejado encerrada a Celeste. Abrió la puerta, y sin meter dentro más que la cabeza, dijo muy pasito:

—Niña, salga ahora.

Pero se pasaron algunos segundos y no obtuvo respuesta. Avanzó dos pasos, repitió las mismas palabras, se pasaron otros tantos segundos, y sucedió el mismo silencio. Aquello empezó a alarmarla.

Dio dos o tres pasos, y al llegar al pie de la escalera tropieza con un cuerpo se inclina, le palpa, le sacude, repite las palabras de: —¡Niña, niña Celeste, señorita!— Y nadie le responde, ni se mueve nada en el cuarto. Se inclina todavía más, levanta la cabeza de la joven, acerca la cara a la suya, y la siente fría, sin aliento en la nariz ni en la boca. Entonces se le escapó el grito que desde su ventana oyó Teodoro. Con todo, la reflexión súbita de que acaso el estado de Celeste era muy pasajero, le da un valor desconocido, la rodea por la mitad del cuerpo con sus brazos, se la echa encima cual a un niño dormido, la saca fuera, cierra la puerta, y se mete por el jardín adelante, con intención de llevarla al comedor y rociarle el pecho con agua. Pero ¡ay! a la mitad del camino le faltan las fuerzas, se apoya de una rama, quiébrase ésta, y la angustiada Loreto, con su preciosa carga, se deriva en tierra, como una caña que el viento rinde sobre otra carga.

Al rumor sordo que hicieron cayendo los cuerpos, acudió la hermana Seráfica que estaba cerca, y, viendo a Celeste desmadejada y al parecer exánime, clamó diciendo:

—¡Socorro! ¡Socorro! ¡Muerta! ¡Dios de misericordia! ¡Socorro! ¡Y que esto suceda en nuestra casa!

Estas voces, según es de figurarse, alborotan la casa y la ponen en movimiento. Corren las beatas contra su costumbre; corre el padre Caicedo, su confesor, que aquella noche había demorado más de lo ordinario su visita; corren los esclavos y corren las niñas dando penetrantes gritos. Todos rodean el cuerpo de Celeste, que aún yacía doblado sobre el de Loreto; pero nadie se apresura a levantarla. El padre, según parece, por no profanar sus manos; las hermanas porque del susto y del atolondramiento no saben qué hacerse, ni los criados por lo mismo y por hallarles embargados con las luces. Sin embargo, a indicación de la hermana Agustina, va el padre Caicedo a alzar a la desmayada: sus frías y pálidas manos van a tocar y oprimir aquel talle gallardo. Ya está inclinado sobre el desmadejado cuerpo de Celeste... cuando de improviso, como bajado del cielo, sin sombrero, con el cabello revuelto y la mirada fija y brillante, se presenta en medio de todos un joven de hermosa talla y gentil aspecto, el cual la arrebata en brazos y echa a andar al comedor sin decir palabra ni hacer ninguna exclamación.

—¿Dónde la lleva? ¿Quién es usted? —preguntó la hermana Seráfica rompiendo el silencio grave en que habían caído todos los circunstantes al ver el aparecimiento y acción del joven.

—¡Soy el diablo! —contestó él volviendo la cara con expresión siniestra, mas sin soltar la preciosa carga—. ¿Qué importa mi nombre cuando se trata de salvar a esta infeliz criatura? Ven ustedes que va a quedarse en el desmayo, y en vez de socorrerla me preguntan quién soy y adónde la llevo. Traigan agua, aguardiente, colonia, cualquier líquido con que rociarle el pelo y el rostro. ¡Pronto!

Mas bien por costumbre que por verdadero escándalo, al oír la palabra ¡diablo! se santiguaron hermanas, criados y padre; pero, dominados todos por el desenfado y tono imperativo con que se expresaba el desconocido, la Agustina y la Mónica, cada una por su rumbo, trajo un frasco de aguardiente alcanforado. Con la turbación, ninguna de ellas se acordó de quitarle el corcho, y cada cual entregó el suyo tapado. Mas el joven no se detuvo por eso: tomó el que le presentó la hermana Mónica, le rompió el gollete, estrujándole entre los dedos y sin demora vertió un chorro de frío líquido sobre el casto y blanco seno de Celeste. En el mismo punto la sangre detenida en el corazón empezó a circular por las venas, llevando el calor y el movimiento a las extremidades. Un estremecimiento convulsivo recorrió todo el cuerpo de la paciente; se agitaron levemente sus párpados y alas de la nariz, cual si fuera a despertar de un sueño profundo; su boca se entreabrió como para sonreírse; su seno se levantó a la manera de las olas que no llegan a romper; y visiblemente la vida, cual la aurora en el cielo de Cuba, comenzó a asomar y a animar su angélico semblante... Mas de repente se nubla otra vez, contrae las cejas, conmuévese su cuerpo todo, quiere llevase una mano a la cabeza y da un grito.

La escena que hemos referido en algunos minutos pasó toda en algunos segundos, y entre tanto el desconocido no soltaba a la joven de su brazos. El grito de ella fue repetido por los circunstantes que, esperando en la mayor ansiedad el resultado de su desmayo, llegaron a persuadirse de que había tocado a su fin. Se engañaban. Aquel grito no era más que la expresión del dolor, y el dolor no se da donde falta la vida. En cuanto volvió a ella, volvió a sentir. Teodoro Weber, pues no otro era el joven que la había salvado, luego que Celeste tornó enteramente en sí, la colocó en una silla, y dejándola más aliviada, antes que con la palabra, con la mirada, se despidió de ella y salió por la puerta de la calle, del mismo modo que había venido.

Don Rafael, que entraba en esa sazón, no tuvo necesidad más que de echar una ojeada al interesante grupo que formaban sus hijas, las hermanas y demás al rededor del asiento de Celeste, para cerciorarse de lo que allí había pasado. Precipitose sobre ésta, y en un abrazo la estrechó a ella, a Ángela y a Natalia, diciendo al propio tiempo:

—¿A quién le debo hoy mi hija, mi Celeste?

—Después de Dios a ese joven que acaba de salir por ahí —contestó con no menos imparcialidad que gravedad el padre Caicedo, quien se había mantenido de pie a una respetable distancia, contemplando en meditativo recogimiento la rápida y triste escena que llevamos escrita.

XI

Nada queremos dejar nunca suelto ni roto. Somos amantes coma el que más de la unidad física y moral de las cosas. Un alma, por ejemplo, sin otra alma con quien consentir; una joven sin un joven a quien amar; una bella acción sin resultado ni recompensa; un suceso imprevisto y no explanado ni motivado; un capítulo, en fin, de una novela, sin enlace con toda ella... todas estas cosas naturalmente chocan a nuestro entendimiento, y se nos antojan hermosas estatuas sin cabeza, paisajes sin agua, mañanas sin luz, tardes sin nubes rosadas, y noches de los trópicos sin Luna ni brillantes estrellas.

Por poco interés que hasta el presente haya podido despertar nuestro cuento en el ánimo del discreto lector, no habrá dejado de preguntarse allá para su capote, como suele decirse, de qué provino el desmayo de Celeste, y qué consecuencias le trajeron su ascensión y descendimiento de la azotea.

Nosotros, en contestación, diremos que por lo pronto no lo trajeron más que una fiera caída un golpe en la cabeza, de que procedió su desmayo; pues merced a la estratagema de Loreto engañando a la madre Seráfica con la verdad, tanto esta, la Agustina y Mónica como don Rafael, toda la vida ignoraron que la azotea había servido de lugar de cita a los presuntos amantes.

Mas, ¿por qué Weber, luego al punto de haber socorrido a Celeste, se marchó, sin dar tiempo a que ella o su padre le conocieran y expresaran su gratitud con algún ofrecimiento que les hiciera amigos? En primer lugar porque, deseando herir la imaginación de la hija, poco le importaban los ofrecimientos y la amistad del padre; en segundo lugar porque, comprendiendo harto bien lo novelesco de su acción, previó que desaparecerían todo su encanto y su prestigio en cuanto se entrara en el campo de las explicaciones; y, lo que es más, por que dando lugar a que ella en el mismo momento se descargara de la deuda de gratitud que con él había contraído, no le quedaría derecho para exigirle otra entrevista en la ventana de su casa, concesión que al parecer rehusaba.

Así que, si aseguramos que en el fondo de sus corazones Teodoro y Loreto se alegraron de la caída y desmayo de Celeste, no mentimos; pues gracias a este inopinado lance, el primero tuvo ocasión de prestarle un servicio importante, y la segunda con la bulla y confusión que se armaron en casa de las beatas vióse libre de un fuerte castigo. Sin embargo, los resultados no fueron tan satisfactorios para aquél como lo esperaba. Y de esto vamos a ocuparnos.

Natural era que si bien por temor de otro lance tan desagradable como el de su caída de la escalera, se excusase Celeste de volver a la azotea, no dejaría de aparecerse ya en el jardín, ya en el postigo de su ventana, para mostrarle de algún modo su agradecimiento a Weber. Pero, contra las más lisonjeras esperanzas de éste, no sucedió así en muchos días. En vano la esperó horas enteras a pie firma tras la reja alta; en vano rondó de noche su casa; en vano preguntó por ella a Loreto: el jardín permanecía desierto, el postigo cerrado y la negrita no sabía nada de la vida actual de Celeste, pues desde el día de su desmayo no visitaba a las beatas.

¿Dónde se ocultaba la linda doncella? ¿Estaría enferma? ¿Había sido tan grave su caída que peligrara su existencia? ¿No se albergaba la gratitud en su pecho? ¿Su alma no había sido hecha para sentir y apreciar las acciones generosas y de entusiasmo? ¿Tan joven e inocente y ya tenía su corazón ligado a otro hombre? ¿Cómo combinar su conducta anterior con su conducta presente? ¿Qué misterios se ocultaban en la casa del buen mercader? ¿Por qué aquella corta y pobre familia vivía tan apartada que ni visitaba, ni la visitaba otro hombre que el compañero de don Rafael, y eso a ciertas horas de la noche? ¿Con qué vecinos se informaría del secreto? ¿Y para qué había de averiguar una cosa que acaso le pesara más saberla que ignorarla? Si el mercader y su hija llevaban semejante vida, ¿qué podrían, por otra parte, decir los vecinos? ¿Conjeturas? En un dédalo interminable de ellas se perdía la imaginación de Teodoro, sin encontrar salida ni guía que se la mostrara a lo lejos.

Burlado en sus más firmes esperanzas, herido en lo más delicado de su amor propio, pasaba del amor al odio y de la indiferencia a la desesperación, con no vista ni oída celeridad. Corridos iban seis días desde la noche de la escena en casa de las beatas, cuando al pasar una tardecita por la de Celeste la vio asomada al postigo. Indudablemente se hallaba sola, queremos decir sin la compañía de su padre, pues que, para el caso de hablarle un extraño, poco importaba la presencia de sus hermanas y criadas. Teodoro, resuelto a todo, se dirigió a la ventana sin titubear. La doncella lo recibió con expresión indefinible de alegría y de rubor: de alegría porque le debía casi la vida; de rubor porque recordó al punto que había estado entre sus brazos más de una hora, Púsose, pues, encarnada, y luego pálida y temblorosa. Después de asegurarle ella que no había tenido resultado ninguno el golpe que recibió en la cabeza, añadió a media voz:

—Usted se retiró tan pronto, que no tuve tiempo de darle las gracias por su generosa y noble acción. Mi padre también sintió en el alma no haber podido manifestar a usted su eterno agradecimiento. Ha preguntado su nombre y la casa done usted habita, y nadie ha sabido darle razón.

—Mi nombre es Teodoro Weber —contestó él con algún despecho—, mi casa... Yo estaba persuadido de que usted sabía cuál era...

—Creía que usted fuese una visita de ella, como otros jóvenes que he podido ver asomados a la ventana —repuso Celeste inclinando la cabeza y bajando lo párpados para ocultar las rosas y la expresión de su rubor.

Ésta no pasaba de ser una disculpa; mas aunque lo fuese, ya el principio de la conversación había desazonado a Teodoro. Sus prevenciones, sus celos y las dudas de su alma ponían no pocos estorbos a su dicha y tranquilidad. Sin atinar con la causa, en aquel momento se sintió mortificado. ¿Qué más quería? ¿Qué esperaba por sus obsequios y servicios a Celeste? La expresión del agradecimiento de ésta, ¿podía ser más explícita y sencilla? De ninguna manera. Y sin embargo, por no haberle oído dar las gracias hubiera él en aquel instante sacrificado un tercio de su vida. Palabras que tan fácilmente puede arrancar la fría política como el sincero y afectuoso reconocimiento, no quisiera por nada de este mundo que salido hubiesen de sus labios de rosa. ¡Cuánto más poéticas, más ideales e interesantes no habrían sido sus medias palabras, su turbación y hasta su silencio! Propiedad del corazón humano es ésta: no contentarse con lo que una vez se alcanzó.

—Pesárame —replicó el mancebo, con tal encubierta ironía— que por tan pequeña cosa su padre, un hombre tan ocupado, se molestara en buscar mi casa. Yo no hice más que mi deber, señorita, y nunca me ocurrió que obligaba a usted, y a su padre mucho menos, a un reconocimiento eterno, según usted dice.

—La excusa de usted es muy natural, caballero, así como también a los corazones agradecidos es muy natural la manifestación de su agradecimiento...Mi padre ha de venir ahora; y tendrá mucho gusto en repetir a usted lo que yo acabo de decirle, y...

—Pues perdone usted que me retire antes que llegue, porque mi venida aquí de ningún modo ha tenido por objeto recoger un nacimiento de gracias...

—¡Ya está ahí! —exclamó la joven con vivacidad y alegría—. Tenga usted la bondad de esperarse un instante.

Efectivamente llegaba en aquel punto mismo don Rafael, acompañado de su inseparable don Camilo, y habiendo salido Celeste a recibirlo a la puerta, en poca palabras le contó quién era y cómo se llamaba el joven con quién conversaba por la ventana.

El rostro socrático del honrado mercader, si podemos expresarnos así, estaba anunciando a leguas la bondad de su alma, pero sus maneras eran algo bruscas. En sus arranques de odio y de afecto no cabían medios, sino extremos. Tampoco había aprendido el arte de moderar sus pasiones, y mucho menos el modo cortesano de agradecer las buenas obras sin lastimar la modestia del bienhechor. Así fue que, no bien la hija le dijo lo que le dijo, retrocede a la calle, corre al encuentro del indeciso y turbado Weber, le echa los brazos y le mete en su casa haciéndole los más cariñosos ofrecimientos, y no dándole tiempo, no solo para excusarse, mas ni aun para resistirse.

Con esto la doncella estaba avergonzada, don Camilo confuso y admirado. Teodoro mudo, despechado y conmovido y don Rafael lleno de júbilo y satisfacción. Había abonado algo a cuenta de su deuda de gratitud, según diría él, y empezaba a gozar de un instante de reposo su alma noble y generosa.

Al fin, Weber logró desprenderse de los brazos del mercader, y prometiéndole que no desaprovecharía sus ofrecimientos, al menos en cuanto a visitar su casa, saludó a todos con alguna sequedad, y fuese.

XII

—¿Quién es ese mocito? —preguntó don Camilo con cierto tono de indiferencia.

—¡Oh! Ese caballero —exclamó don Rafael, cargando el acento sobre esta palabra— es el salvador de mi hija. Sí, fue el salvador, porque a no prestarle él socorro a tiempo, me parece que las madres Curbelo, con el atolondramiento, me la dejan morir. ¡Ah, Celeste!

—añadió dirigiéndose a ésta—, ¡cuánto me he alegrado de que me proporcionaras la dicha de conocerle y darle un testimonio de mi aprecio! Debe tener buen alma ese joven.

La turbación y el rubor de la doncella al oír los elogios que don Rafael hacía de Weber no pudieron ocultarse a la penetración de don Camilo, que atentamente y con ojos de traidor observaba los menores cambios de su fisonomía, traduciéndolos según sus entendederas, que, se nos puede creer, no eran muchas, ni perspicaces.

—Paréceme —interrumpió el mercader en tono de burla— que el levantar a una mujer del suelo y vaciarle una botella de aguardiente en el pecho no es acción que merezca un panegírico. Cualquiera en su caso hubiera hecho lo mismo, y... más, si me apuran.

—Tiene usted razón —contestó don Rafael, visiblemente enfadado—. Cualquiera otro en el caso del señor Weber hubiera hecho lo mismo, y aun más que él; pero a él le tocó hacerlo y a mí agradecérselo, porque se trataba de la vida de mi hija, y quién sirve a mi hija me sirve dos veces a mí.

—Por supuesto, nadie duda de eso —replicó el compañero, queriendo enmendar la falta y apartar toda siniestra interpretación—. Usted es el padre de la señorita, debe desear su dicha y amar a todos los que la amen y sirvan. Y ella se merece no digo que la socorriesen en su desmayo, sino que la colocaran en un trono y se sacrificaran por su salud y felicidad.

A ese tiempo, Celeste, fingiendo que la llamaban del cuarto, levantose y fuese. Don Camilo, por verla ir y seguirla largo espacio, distrájose del asunto de su conversación, y aunque quiso anudar el hilo roto al cabo de unos cuantos minutos, ya no le fue posible, ya no tenía quién la oyera; pues don Rafael, con la cabeza inclinada sobre el pecho y con la frente oprimida entre las manos, más parecía dispuesto al sufrimiento y al silencio que al placer y a la conversación.

Sin embargo, notando que la modorra, como él decía, de don Rafael llevaba trazas de no despejarse en toda la noche y notando igualmente que Celeste no volvía, levantóse con gran tiento de la silla, y con achaque de beber agua se encaminó al comedor. La interesante doncella, que se hallaba allí en observación de lo que hacían y decían su padre y el amigo de él, fue sorprendida en fragante, de modo que no tuvo pretexto ni arbitrio para huir de nuevo. Cuando llegó a percibirlo y a levantar la cabeza, ya tenía delante a don Camilo. Estremecióse toda, y guardó modesto y casto silencio.

—Señorita —le dijo aquél, echándola de cortesano y de oficioso—, ¿tiene usted alguna indisposición? ¿También está usted apesarada?

—No, señor. Me retiré aquí porque me persuadí que iban ustedes a hablar de asuntos secretos, según acostumbran, y nosotras, las mujeres, no debemos mezclarnos en los negocios de los hombres.

—Aunque al presente no hablábamos el señor don Rafael y yo nada, sin embargo, mi persuasión es de que los asuntos que entre los dos solemos tratar interesan tanto a usted como a su padre y a mí, y, por consiguiente deben revelársele.

—Será así como usted dice, don Camilo; pero mi padre piensa de otro modo, y yo respeto mucho su opinión.

—En eso da usted una prueba evidente de su obediencia y amor filial. No esperaba menos de usted. El señor don Rafael puede vanagloriarse de contar a usted en el número de sus hijas. Conforme decía antes, es usted digna de cualquier sacrificio, de todo... Mire, si yo me llegara a casar (al fin, tarde que temprano, me tengo que casar), no le pediría a Dios otra cosa que una hija cual usted. Porque es usted bella, discreta, sensible, reservada, amante de su padre, cuidadosa de su casa y de sus hermanas: en una palabra: cabal, una doncella cabal, como la deseara un rey para su compañera en el trono.

Cada una de estas palabras derramaba la turbación y el malestar en el espíritu de Celeste. No pudiendo retirarse, y conociendo, por aquel instinto que plugo a la naturaleza conceder a la mujer, donde iban a parar la inmodestas alabanzas de don Camilo, dobló la cabeza sobre el seno, a la manera que el pájaro siente la lluvia y no puede evitarla, y guardó profundo silencio.

—Dígole a usted esto, señorita —continuó aquél tras breve pausa, sin advertir el mal efecto que causaban sus palabras—, para hacerle entender una mínima parte de la opinión y del aprecio que usted me merece, y para demostrarle, como tres y dos son cinco, lo que le decía al principio, esto es, que su padre no debe tener nada reservado para usted. Y con tanto más motivo, señorita —añadió con aire de misterio—, cuanto que la salud de su padre corre peligro. Yo se lo digo en confianza: corre peligro.

—Mi padre no padece de nada —repuso la joven conmovida.

—Pues no me contraigo precisamente a la salud de su cuerpo: hablaba más bien de la salud de su alma, de su espíritu, de su...

Celeste clavó sus ojos rabiosos de ira y de sorpresa en el rostro de su interlocutor, y éste, por prudencia, o por hipocresía, no quiso continuar por aquél camino. Echando por un atajo, para salir al mismo punto, dijo:

—Mi amor hacia su padre de usted, Celestinita, que está fuera de toda duda, me coloca en una situación bien crítica. Yo sé que él necesita ahora más que nunca de los cuidados y cariños de un amigo verdadero, y mis ocupaciones y mi calidad de hombre, y en cierta manera de dependiente, aunque en el fondo soy su compañero, me impiden...

—Mi padre no puede quejarse de que su familia le abandona —observó Celeste con aparente calma, cortando el discurso de don Camilo.

—Y ¿quién se atrevería a acusar a usted, ni a sus hermanitas de semejante falta? Al decir a usted que hoy más que nunca necesita su padre de los cuidados y cariños de un amigo, no he tratado más que de prevenirla; porque podría suceder que el prosiguiera en el tema de ocultar a usted todo lo que hace. Yo, que estoy al corriente de lo más mínimo; yo, que sé que él está corriendo una crisis espantosa; yo, que le aprecio, como... a un padre... yo, señorita, aunque parezca inoportuno e indiscreto y cuanto usted quiera, no puedo permanecer impasible, no puedo menos de decirle lo que le he dicho. Usted, como mujer de juicio y talento, hará lo que estime conveniente.

—Gracias don Camilo. Mi padre paga como debe el afecto que usted le profesa.

—¡Oh! ¡Con usura, cual no merezco! —exclamó el hombre, acordándose quizás del generoso procedimiento de don Rafael en noches anteriores—. Pocos hombres he tratado tan amables, tan buenos, ni tan finos. Y por lo mismo que es la amabilidad, la bondad, y la finura personificadas: por lo mismo que reconocemos en él estas inestimables prendas y le apreciamos tanto, no debemos desampararle un punto, al menos mientras pasa la crisis. Porque usted sabrá que el primer plazo de las deudas de la tienda a duras penas hemos podido pagarlo; lo que no sucederá en el segundo, que se cumple pasado mañana, y es difícil, si no imposible, que los acreedores nos guarden ningún género de consideración. Tememos y con justo motivo, que se echen sobre el establecimiento, se lo repartan entre sí, y nos dejen en la calle. Hemos metido algunos empeños de personas pudientes y respetables. La minoría de los acreedores está por concedernos nuevas esperas; pero dudamos que la mayoría sea de la misma opinión. Aquí tiene usted el origen de la pesadumbre de don Rafael y de la mía, porque si bien no pierdo tanto, viéndole así y apreciándole cual le aprecio, es imposible que goce tranquilidad.

¡Qué medio tan cruel de insinuarse en el amor y confianza de la candorosa joven!

¡Despedazando el corazón con las verdades de la vida y los anuncios harto fundados de futuras desgracias! Ella no pudo reprimirse más: cubrióse la cara con el pañuelo de la mano y lo empapó en las lágrimas. Entonces, el compañero de su padre, conociendo una parte del mal que acababa de causarle, trató de enmendar la falta con otra falta; esto es, engañándola y dándole esperanzas que momentos antes la había manifestado haber perdido enteramente. Celeste le pidió permiso para retirarse a su cuarto, lo hizo al punto; y don Camilo, satisfecho en el fondo, de la impresión que habían hecho sus palabras, tomándose los aires de orador elocuente, volvió a la sala, con la cabeza alta y el ademán grave, sentóse frente por frente al taciturno don Rafael, que no había cambiado de actitud.

Éste, durante gran rato, no pareció apercibirse de la presencia de su compañero, ni dispuesto a moverse en buen tiempo; hasta que, apurada la paciencia de don Camilo, dejó su aire de gravedad y dijo:

61

—Señor don Rafael, ya es tarde. Me volveré a la tienda, si usted no me necesita.

El preguntado alzó la frente pálida, miró faz a faz a su interlocutor y no contestó palabra.

—Decía a usted —añadió don Camilo, sin arredrarse por eso—, que ya va siendo tarde, que hago falta en la tienda, y que si no hay trabajo por aquí esta noche, mejor será que me marche, pues me parece que usted no está...

—Sí, sí; mejor será que usted se marche ahora mismo —le interrumpió el mercader con precipitación, pero sin enojo—. La tienda se halla sola. Tenga usted mucho cuidado con ella. Yo creí que usted ya se había marchado... Esta noche no podemos trabajar. Me siento malo de la cabeza, muy malo.

—¡Ea, pues! Señor don Rafael: hasta mañana.

—Hasta mañana —replicó alargando la mano a su amigo con profundo abatimiento.

—Recójase usted. Buenas noches.

Cuando se retiraba don Camilo, pasó por la puerta del cuarto y del comedor por si veía a Celeste; pero no tuvo ese gusto. La afligida doncella, oculta, no esperaba más sino que él saliera, para tornar a la sala al lado de su no menos apesadumbrado padre.

XIII

Después de la partida de don Camilo, según es de imaginarse, quedó la sala del mercader sepultada en un profundo silencio. Aunque esta pieza no era grande, como estaba alumbrada por una sola vela dentro de la bomba de cristal, tenía a la sazón de que hablamos un aspecto muy triste, que se aumentaba a la consideración del estado de su dueño, abatido y doblado por la carga de los pesares en una butaca baja.

Hasta que no oyó Celeste el golpe de la puerta de la calle, no se asomó a la del cuarto y eso con mucha precaución. Levantó un canto de la cortina blanca que la cubría por dentro, sacó fuera todo el busto, a la manera de los serafines que pintan en medio de las nubes en algunos cuadros sagrados, y a la vista de su padre, la quietud de la sala y la media luz que allí había, la conmovieron y asustaron más de lo que puede concebirse.

Nada tiene tanta semejanza con la muerte, ni la recuerda con tanta viveza como una luz que vacila y languidece sofocada por la ceniza del pávilo: agréguense a esto la inmovilidad y soledad de don Rafael, de la sala y de toda la casa, y se tendrá una idea confusa de la impresión que debió sentir en aquel instante la apenada doncella.

Salió, pues, deslizándose, no andando, y en el respaldo de un columpio que había bajo la bomba apoyó el codo derecho; entre la palma de la mano puso la barba, el brazo izquierdo le dejó colgado sobre las faldas, y contemplando a su padre que se hallaba sentado a la derecha, cerca de la ventana, se estuvo largo rato así, en completa inmovilidad. Como de costumbre vestía ella todo de blanco; los rayos de luz caían verticalmente sobre su donosa cabeza, poblada de cabellos negros y brillantes, y sobre sus vestidos, los cuales irradiaban al modo de los cuerpos luminosos, y la asemejaban a aquellos ángeles que, según la Escritura, velaban el sueño de Jacob.

¿Y qué era si no el ángel que Dios había enviado a don Rafael, pobre y solitario anciano, para su guarda? ¿Qué afecto más puro, qué sentimiento de caridad más sublime podía traerla allí, que el consuelo de su afligido padre? Este sentimiento, el amor filial que ardía en su corazón con inapagable llama, la había, por decirlo así, divinizado; y su actitud, la expresión de terneza, de melancolía, de exquisito dolor que revelaba su rostro, entonces lánguido como el de la Virgen al pie de la cruz, de Rafael, todo estaba en perfecta consonancia con la situación de su ánimo y con las criaturas celestiales a quienes la hemos comparado.

Pero notando Celeste, con sobresalto indecible, que su padre no solo no se movía, sino que ni aún resollaba, sospechó que se había dormido profundamente, quitóse del columpio, y fue a sentarse tras su asiento para cerciorarse de la verdad. Apenas inclinó la cabeza sobre la del anciano, vio brillar algo en sus mejillas pálidas y arrugadas, que tenía mucha semejanza con el rocío en las hojas secas del bosque; acercóse más, y eran lágrimas amargas que bebía en silencio y gota a gota.

—¡Papá! ¡papá! —clamó en turbada voz que apenas se le apercibía, pues el dogal del dolor acababa de cerrar su garganta de cisne con estrecha lazada.

Revolvió el buen mercader los ojos en torno de sí, cual si despertara de un sueño horrible, al penetrar en sus oídos aquellas palabras, que parecían bajadas del cielo para sacarle del infierno de sus pesares al paraíso de su tranquilidad, dilatósele el pecho, como un fuelle que despide el aire, movió la cabeza de un lado a otro, y volvió a caer en la inmovilidad de antes.

—¡Papá! ¡papá de mi alma! —repitió la joven en el colmo de la angustia.

Y sin poder contenerse, se precipitó en sus brazos, le rodeó el cuello con los suyos blancos y desnudos, sobre su frente puso los labios y se la empapó con lágrimas abrazantes.

—¿Qué es esto, hija mía? ¿Qué ha sucedido? ¿Tú lloras? ¡Ah! ¡Tus lágrimas... Celeste... me queman!...

Y también estrechó a su hija por la cintura.

Así abrazados una y otro permanecieron largo tiempo, confundiendo sus lágrimas y sus sollozos, sin poderse hablar.

—Papá —dijo al cabo Celeste, —todo lo he sabido. Su pesadumbre nace de que los acreedores le hostigan y no le quieren conceder más esperas, y no puede pagar el segundo plazo de su compromiso. Sí, lo he sabido: todo me lo ha dicho don Camilo. Pero papá: ¿qué motivo es éste para afligirse tanto y echarse a morir? ¿por desgracia se ha acabado el mundo para usted? ¿No tiene amigos... esperanzas...?

—¡Amigos! ¡Esperanzas! —replicó don Rafael, hondamente conmovido—. ¡Se acabaron para mí!

—¿Si usted le dice a sus acreedores: «Yo no tengo con qué pagar, no tengo"; ¿qué ha de hacer por eso? El que no tiene con qué pagar, ¿cómo ha de pagar por mucho que lo desee?

—Ningún acreedor, cuando se cumple el plazo, hace esa reflexión, hija mía: todos quieren que se les pague, que se les pague, aunque para ello se vea en el caso de ahorcarse el deudor.

—Yo no creo que los de usted tengan tan mal corazón; que si usted va y les dice: «Venid a mi casa, abrid mis gavetas, miradlas vacías; pero aquí hay géneros, todos son vuestros, esperadme no más a que se los venda y os pueda pagar»; yo no creo, repito, que diciéndoles usted esto, ellos contesten: «Páganos ahora mismo, saca dinero de tus entrañas, y, si no, ahórcate». ¡Ah! Ellos no contestarían esto: estoy segura.

—Lo contestarían, hija, y por remate de cuentas me enviarían a la cárcel.

—¡A la cárcel! —exclamó asustadísima Celeste, que a la cuenta no había previsto el desenlace que le esperaba al drama de su triste padre—. Bien: pongamos que usted no les dice: «Esperadme a que venda estos géneros», sino: «aquí tenéis estos géneros, esta tienda: es lo único que poseo, es mi sangre mi sudor de veinte años, el pan mío y de mis hijos: tomadlo, repartíoslo entre todos: no tengo otra cosa con que satisfaceros: dejadme en paz»: ¿también lo enviarían a la cárcel?

—También me enviarían a la cárcel.

—¡Es imposible! —exclamó la joven, si considerar, en su exaltación, que desmentía a su padre—. ¿No hay justicia ni humanidad en la tierra?... ¡Las habrá en el cielo! —añadió después de una corta pausa, con ahogada voz, doblando la cabeza sobre el agitado seno de don Rafael.

—Sí, hija mía; a pesar de entregarles todo cuanto poseo, como tú dices muy bien, mi sudor de veinte años, mi pan y el de mis hijos; los acreedores me enviarían a la cárcel, o por mejor decir, me enviarían pasado mañana.

Celeste le estrechó entonces más y más con sus brazos, cual si temiera que se lo llevaran. El mercader prosiguió, en agitación siempre creciente:

—Yo no puedo satisfacer a mis acreedores, no tengo quién me fíe y asegure que entrego todos mis bienes y no oculto ninguno, y de consiguiente me meterán en la cárcel.

—¡Oh! ¡Eso no puede ser! ¡Usted tan honrado, tan bueno, tan cariñoso, encerrado en una cárcel, entro de un calabozo oscuro, con barras de hierro y piedras grandísimas por todas partes, sin ver la luz, la calle, a sus hijas; sin tener quién le lleve un vaso de agua, ni una taza de café cuando despierte, ni la ropa limpia para cuando se vista, sin que antes de acostarse vayan sus hijas a besarle la mejilla y pedirle su bendición!... ¡Ah! No puede ser. ¡Nunca, padre mío! No me lo repita usted, porque me parece que, antes de que tal cosa suceda, del dolor me quedo muerta.

—¿Qué remedio, Celeste, qué remedio? ¿Quién va a fiar a un deudor fallido?

—Bien: no busque usted fiador, ni se presente. Huya usted: ocúltese donde no le halle nadie, aunque le busquen toda la vida.

Don Rafael se estremeció de pies a cabeza cual si hubiera recibido una descarga eléctrica. Aquellas palabras de su hija, como un relámpago en medio de una noche tempestuosa, le mostraron e súbito la puerta, por donde más brevemente podría escapar de sus desgracias, de los crueles acreedores y de la cárcel; puerta tremenda en que ya había pensado con horror: el suicidio.

—Es verdad —añadió, retirando a su hija suavemente, temiendo que los latidos atropellados de su corazón le descubrieran lo que sus labios querían callarle—. Es verdad, niña; dices bien: yo debo huir, esconderme toda la vida porque la cárcel, el mundo del crimen, el infierno de los vivos, es cosa horrible. ¡Ah! Las carnes se me desprenden de los huesos. Aparta, niña, aparta de mi seno. Mira que ahogas. Ya no me cabe el corazón en el pecho... Los cabellos me punzan como espinas... ¡Hija mía! ¡Hija mía!

—¡Socorro! ¡Socorro! —gritó Celeste, abrazando su cabeza y mirándole fijamente a los abiertos y desencajados ojos, por donde parecía próximo a escapársele el espíritu—. ¡Socorro! ¡Que se muere mi padre!

A los gritos de la joven se despertaron las niñas, las cuales, junto con la criada Encarnación, vinieron a la sala corriendo como desatentadas. Y un segundo después abrióse la puerta con estrépito y dio entrada a un hombre alto, joven, de buen aspecto... Pero de la escena que siguió hablaré en otro capítulo.

XIV

La curiosidad de los celos había retenido a Weber a la sombra de la casa de su ídolo luego que salió de ella. Quería ver y oír lo que hacían y lo que decían las tres personas que acababa de dejar dentro. Fue un deseo ardiente, fatigador, indiscreto, pero imposible de vencer en el estado de su alma, que miserablemente se anegaba en el océano de la duda.

Arrimado unas veces a la ventana cuanto lo permitían las voladas rejas; arrimado otras al postigo, cuya cortina blanca no impedía que se traslucieran, aunque confusamente, las personas de la sala, por cuanto la luz la clareaba, estúvose allí más de dos horas, con el afán y la fatiga que son de imaginarse. Por supuesto que vio donde se sentó Celeste después que él saliera, y donde se sentó don Camilo con aire satisfecho; cuando aquélla se levantó y cuando éste la siguió al comedor. ¡La una se recataba del pare, el otro del amigo! He aquí el triste pensamiento que se le ocurrió. ¡Ah! ¡Y cuánto maldijo entonces su importuna curiosidad, su amor y sus ilusiones de poeta! ¡Cuánto no debió sufrir su orgullo viéndose, al parecer, traidoramente burlado por una niña cuya alma apenas alboreaba en la mañana de la vida!

—¡Infames! —discurría él—. ¡Mientras el pobre anciano, rendido al peso de los años y del trabajo, se entregaba al reposo, confiado en vuestra lealtad, vosotros huís de su presencia para deciros, sin estorbos, ternezas, y acaso para manchar vuestras bocas con torpes besos! ¿Quién creyera —añadía entre sí con abatimiento—, quién creyera, Dios mío, que en un cuerpo tan airoso, bajo ademán tan bizarro y semblante tan blando, cupiese tanta falsedad y doblez? Si a tanto llega su malicia a los quince años, ¿qué debemos esperar cuando llegue a los veinte y a los treinta? ¿Hasta dónde dura la inocencia de las mujeres que nacen y crecen en nuestra sociedad y bajo nuestro clima? Sus corazones, como nuestras perpetuas flores, ¿abrigarán las pasiones que las devoran, aun antes de brotar y al rocío de la aurora, al calor de la primera luz, y a las caricias de los vientecillos de la mañana?

Iba a retirarse avergonzado, confundido, desesperado, cuando vio aparecer de nuevo en la sala a don Camilo. Su aire satisfecho, la sonrisa de orgullo que entreabría su boca de delgados labios, la prontitud de sus movimientos, le pregonaban a leguas como hombre venturoso en amores: al menos, tal fue el juicio que formó Weber, el que dijo para sí lleno de cólera:

—Se aman: ved explicada al conducta de esa mujer conmigo y su carácter voluble. A ninguno de los dos profesa un verdadero afecto; pero ha dicho que ama al primero que se llegó a su oído.

Entonces no pudo sufrir más, y empezó a andar la vuelta contraria de su casa, pues en el delirio que se había apoderado de su espíritu, no sabía lo que le pasaba ni a dónde dirigirse. Sin embargo, oyendo abrir la puerta del mercader y viendo salir a don Camilo, retrocedió con ánimo de vengar en él las injurias que se figuraba haber recibido de Celeste; pero, por más prisa que quiso darse, antes de hacer veinte pasos le perdió de vista y no supo por dónde torció.

Ocurriósele aún tornar a al casa para ver si la cómplice de aquel hombre, la hipócrita niña, tenía valor de entrar en la sala y presentarse a su padre. Agarróse, pues, de la reja; levantóse con mucho tiento, y miró por entre el postigo. ¿Cuál no serían su admiración y sorpresa al encontrarse con la celestial criatura, de pie tras el columpio, como el ángel guardián de don Rafael, según dijimos y la describimos en el capítulo anterior? Para que nada faltase al complemento de esta hermosa ilusión, la cortina blanca, por medio de la cual se traslucía la figura gentil de la doncella, aparecía como una cándida nube, que la envolvía y realzaba al magia de su belleza ideal.

—¡No es posible, santos cielos! —exclamó entre sí, mirándola a espacio—. ¡No es posible que quepa tanta maldad bajo formas tan divinas! Esa frente tersa como un lago en calma, esas mejillas frescas como el pétalo de las rosas cuando se abren al rocío de la aurora, esos labios suaves como la seda, ¡no es posible, no, que hayan sido manchados con los besos impuros del amor bastardo, con los pensamientos innobles de la refinada malicia!

Picada la curiosidad de Teodoro, lleno de inquietud, en la posición más incómoda que puede darse, esperó el resultado de la escena que debía seguirse entre aquellos dos personajes, cuya actitud, aspecto y edad eran tan diferentes: el anciano abatido, doblado cual un bambú por los embates del viento; la joven melancólica, esparcidas por el rostro las sombras de un dolor intenso, como las nubes en el cielo poco antes de la tempestad. Su expectación no fue larga. Bien pronto vio a la hija caer llorosa en los brazos del padre. Esta acción le conmovió profundamente, temió caer de la reja al suelo de la calle, hacer ruido capaz de llamar de la atención, y tomó el prudente partido de bajarse y escuchar, si escuchar podía lo que hablaban. La emoción que entonces sentían Celeste y don Rafael comunicaba a la lengua y al tono de voz de entrambos cierta torpeza y destemple que, por mucho cuidado que puso Weber, no le fue posible oír más que una que otra frase o exclamación que antes sirvió para extraviarle más de lo que estaba que para aclarar el caos de sus dudas.

—Ella le ama y quiere casarse con él —imaginó Teodoro—. Su padre se opone y le niega el permiso. Por eso ella llora como llora; por eso se echa en los brazos de su padre y le ruega y le persuade con sus lágrimas. Al cabo, si es capaz de un amor tan vehemente que arrastra con la voluntad de su padre, no está tan corrompida su alma... ¡Dios, en sus inescrutables designios, no la formó para mí!

En aquel tiempo fue cuando oyó los gritos de Celeste con que cerramos el anterior capítulo de nuestra ya... larga historia. Su corazón generoso y noble no podría haber permanecido frío, impasible ante la desgracia o el peligro de un semejante suyo. Su remordimiento hubiera sido eterno, como de una acción criminal, si pudiéndolo no hubiese dado socorro a cualquier persona que lo necesitase. Olvidó sus celos, sus crueles dudas, sus proyectos de venganza y de indiferencia; no miró en Celeste la amante de otro, la mujer que le había engañado y destruido sus más risueñas ilusiones, sino a la hija tierna, angustiada, que pedía socorro para el padre moribundo... y se entró en la casa precipitadamente.

El amor filial había cegado el entendimiento de la joven. Don Rafael no se movía, no sentía otra cosa que una violenta sofocación, causada por las ideas horrorosas que le habían inspirado los temores harto fundados de parar en una miserable cárcel, y tener que separarse de la dulce compañía de sus hijas y del hogar doméstico, donde su presencia era tan necesaria.

Teodoro, aunque no era médico ni había estudiado la ciencia, desde luego comprendió que con llamar al calor a la extremidades volvería en sí el anciano de su accidente. Ayudó a llevarle al lecho, en el cual le aplicaron un baño, que produjo el efecto deseado. Habló, dispuso y aun ejecutó todas estas cosas con tal indiferencia y serenidad, que nadie creía que en aquella misma ocasión bramaban turbulentas pasiones en su pecho, y que mientras prodigaba al padre los más finos cuidados, juraba olvidar a la hija y huir de ella para siempre.

Estos pensamientos, demasiado ardientes para reprimidos y disimulados por largo tiempo, le obligaron a despedirse de aquella casa mucho antes de que el mercader recobrara su razón del todo, y casi sin atender a las miradas lagrimosas y melancólicas sonrisas con que Celeste le agraciaba su acción.

—Este hombre es extraño— pensó ella viéndole alejarse—. No parece sino que le enojan y fatigan las expresiones de agradecimiento.

XV

Pasósele de claro en claro la noche a Celeste en la cabecera del lecho de su padre. Aunque la indisposición de éste no era alarmante, ni seria, temió ella, con sobrado fundamento, que el mal moral tomase otro camino por cuanto es cosa frecuente que degenere en desesperación toda tristeza si al paciente se le deja solo y sin sueño en las altas horas de la noche.

Al día siguiente el mercader se vistió y dispuso para salir a sus ocupaciones cotidianas, cual si nada hubiera sentido. Celeste le detuvo suavemente por un brazo, y, con expresión la más exquisita de cariño y bondad le preguntó:

—Papá, ¿hoy no se cumple el plazo?

—No —contestó arrugando el ceño—; mañana... mañana quince de abril.

—¿Y los acreedores no le premiarán desde hoy?

—¿Desde hoy?... No. Mañana a las doce debo entregar el dinero.

—¿Y si no lo entrega a esa hora?

—Entonces... entonces... Yo no sé qué será de mí.

—Usted me dijo que iba a hacer cesión de bienes a sus acreedores si no querían prorrogarle las esperas, esto es, entregarles la tienda...

—¡Sí! ¡Entregarles la tienda, sí, entregarles mi tienda, mi sudor, mi sangre! —replicó el mercader con expresión sombría.

—Pues bien —añadió la joven con precipitación para llegar cuanto antes al término que deseaba—: ¿por qué no se oculta usted desde hoy? Si de todos modos la tienda no ha de ser mañana de usted, ¿qué va a buscar a ella ahora? ¡Oh, padre mío! ¡Dios sin duda ha permitido que usted la pierda! ¡abandónela antes de que puedan cogerle y aprisionarlo sus inhumanos acreedores! ¿por qué se aflige usted tanto cuando hablamos de esas cosas? ¿El mundo se ha acabado para nosotros? ¿No nos queda esta casa? Pues teniendo un techo en que abrigarse del agua y del Sol, ¿usted cree que nos podemos morir de hambre? ¡Ah, no! Mire usted. Yo sé coser, Natalia y Angelita también saben. Usted irá a los baratillos con Encarnación, hablará a sus amigos, que no es posible que los haya perdido todos; nos traerá costuras, nosotras tres coseremos noche y día, y con lo que ganemos nos mantendremos y mantendremos a usted, y quizás ahorraremos algo para que usted pueda volver a poner otra tienda... Viviremos solos y tranquilos en nuestra casita: nadie vendrá a molestarnos ni a cobrarnos nada, porque a nadie le deberemos medio real. ¡Ah! ¡Dios no le falta a nadie! ¿por qué se aflige usted tanto, padre mío?

Efectivamente, las cariñosas palabras de Celeste, sus esperanzas de dicha y tranquilidad futuras, habían enternecido a don Rafael, cuyos ojos se humedecieron y cuya garganta se trabó de modo que, aunque quiso, durante buen rato no le fue posible echar la voz y replicar a su hija.

—No vaya usted hoy a la tienda —prosiguió ésta no menos conmovida—. Si desea usted disponer algo, mandaremos por don Camilo.

—Sí, es preciso: yo hago allí mucha falta. Mis disposiciones no se cumplen a la letra cuando estoy ausente. Yo debo ir: el honor me llama a mi puesto.

—Pero ¿me promete usted —repuso Celeste con amabilidad, conociendo que contradecir a su padre abiertamente valía tanto como empujarle al precipicio—, me promete usted que a la noche se esconderá y no volverá a salir hasta que pase el peligro?

—Y ¿dónde tengo que esconderme que no me hallen mis crueles perseguidores?

—Aquí, en esta casa. En cerrando la puerta, ¿quién se atrevería a entrar? ¿Quién, por otra parte, ha de figurarse que usted se ha escondido dentro de la ciudad y en su propia casa?

—Para el deudor fallido y honrado —agregó el mercader con sonrisa melancólica— no hay sitio sobre la faz de la tierra que le oculte de sus acreedores y de su vergüenza. Además, hija, a la justicia no se le puede cerrar la puerta como a un perro rabioso que pasa por la calle: la echarían abajo, entrarían en los aposentos, levantarían las sábanas de mi lecho, el tuyo, el de Angelita y el de Natalia, y dondequiera que me escondiese allí irían y me sacarían y me amarrarían como a un criminal, y no pararían hasta dar conmigo en la cárcel. ¡Oh!, yo te lo digo; a la justicia no se le puede cerrar la puerta. El deudor fallido no tiene quién le fíe y asegure que no oculta bienes a sus acreedores, no encuectra refugio sobre la luz de la tierra... La cárcel, el infierno de los vivos, es su único consuelo, su miserable paradero. Y allí, entre los horrores del calabozo, en medio del frío de las cuatro paredes de piedra, el pesar, el horror y la vergüenza serán sus verdugos, se sentarán día y noche sobre su pecho, y le oprimirán, y le ahogarán...

La voz y los miembros del mercader, al concluir estas palabras, temblaban como los de un azogado; sus ojos parecían fijos, sin movimiento, prontos a desprenderse de las órbitas: tenía los labios cenicientos, la piel áspera como de un hombre que padece fiebre; y un sudor frío, apenas perceptible, en la apariencia con mucho trabajo, le brotaba por todos los poros de su cuerpo. Celeste, por lo mismo que le inspiraba tanto horror la cárcel y por lo mismo que quería a todo trance evitar accidente tan desgraciado de que podría resultarle la muerte o la locura, le obligó a tomar asiento y descanso, le distrajo con diferentes pláticas, y cuando le juzgó más aliviado, le dijo, afectando indiferencia:

—¡Ah! Ahora usted se va a la tienda, y la cuida, y dispone en ella lo que guste. Muy bien. Pero hoy usted no nos deja aquí como la semana pasada. Yo quiero hacer una visita a las madres: estarán quejosas de nosotras. Usted nos lleva ahora, y luego a la noche, cuando usted pueda, volverá por nosotras. Con que me voy a vestir de limpio, y a lavar y vestir a las niñas. Espere usted ahí sentado; despacharé en un decir Jesús.

El proyecto de celeste no dejaba de ser razonable. Reducíase a encerrar a su padre en casa de las beatas mientras pasaba la borrasca que regía sobre la cabeza de aquella humilde y honrosa familia. La reclusión en que esas mujeres vivían; la reputación de virtuosas que semejante vida les había granjeado; sus ningunas relaciones en el vecindario, pues, fuera del locutorio de las monjas carmelitas y del convento que visitaban todas las mañanas, bien temprano, por ventura se les veía en ninguna otra parte; las pondría a cubierto de las sospechas de encubridoras del reo, y lograría salvarse de la cárcel. Llena de estas imaginaciones, fue como la pobre doncella se presentó en aquel beaterio después de seis días de ausencia.

Pero las madres la recibieron con alguna frialdad, y durante toda la mañana, por más esfuerzos que hizo, no le fue posible resolverse a descubrirles el objeto de su visita. Con el corazón palpitando de temor y de esperanza y con los hermosos ojos nadando en un mar de salobres lágrimas, que no llegaban a desbordarse, iba y venía de la madre Agustina a la madre Mónica y a la madre Seráfica, y de esta a aquéllas, sin encontrar apoyo en ninguna, ni vislumbrar, por entre las arrugas y oquedad de sus rostros pálidos y fríos como las losas de los sepulcros, un signo de atracción, una sombra de compasión y de bondad. Las madres, si era cierto que abrigaban sentimientos puros de caridad cristiana, no era menos cierto que a fuerza de reprimirse y ahogar sus pasiones habían logrado dar a su exterior el aspecto severo y frío que se advierte en los ídolos de los indios mexicanos. Este aspecto, como a los caballeros de la edad media la armadura o cota de malla, les revestía de pies a cabeza, y rechazaba rotas, por decirlo así, las miradas de tristeza y angustia que les dirigía Celeste.

Pero se aproximaba la noche; don Rafael iba a llegar, y si no se disponían las cosas con anticipación, se perdía la mejor, la única coyuntura de salvarle. De las tres madres, la sola capaz de inspirar alguna confianza, puesto que infundía más respeto, era la Agustina. A ella, pues, se dirigió Celeste en un momento en que se levantó de su sitio ordinario y fue al segundo cuarto. Detúvola con suavidad por la saya y cayendo de rodillas a sus pies, llorosa, desolada, exclamó en tono de la más ferviente súplica.

—¡Ah, madre Agustina! ¡Por el amor de Dios salve usted a mi padre de la cárcel!

Quedó con esto sorprendida y altamente admirada la beata. ¿Qué quería aquella muchacha? ¿Qué demandaba? ¿Qué significaban sus palabras, sus lágrimas y sus acciones?

—Levanta —replicó con calma—; levanta, hija mía, y explícate, porque en verdad no te entiendo.

—No, madre Agustina: de aquí no me levantaré hasta que usted me de su palabra de salvar a mi padre. ¿No sabe usted que él está concursando, que ofreció pagar las deudas en un plazo de seis a seis meses, que bien apurado se vio para pagar el primero?... Pues el segundo, el segundo se cumple mañana... ¡Ah! No tiene con qué pagarlo... Los acreedores no quieren concederle nuevas esperas. Él está resuelto a hacerles cesión de sus bienes pero como no encuentra nadie que le fíe y asegure que no esconde nada, sino que lo entrega todo y nada se queda, al parecer van a meterle en la cárcel, a encerrarle y matarle de tristeza...

—Y ¿de qué manera quieres tú que yo lo salve? ¿Es admisible en los tribunales de justicia la fianza de las mujeres? ¿Poseo fincas para darlas por nadie?...

—Yo no le pido eso, madre Agustina: bien sé que eso no puede ser. Lo que le pido y le ruego es que le deje ocultar en casa de usted.

—¡Aquí, en mi casa! —exclamó la beata santiguándose—. ¡Alabado sea el Santísimo Sacramento del altar! ¡Esconder un hombre, y un hombre que persigue la justicia!...

¿Estás en pecado mortal, muchacha, o has perdido el juicio?

—¡Oh, madre Agustina! ¡Por lo que padeció Jesucristo en la cruz, por la memoria de su madre, por lo que más ame usted y respete en la tierra y en el cielo, no me diga tales palabras!... ¡Me matan! Mi padre no encuentra refugio en ninguna parte; los acreedores le persiguen de muerte; la cárcel le horroriza; no halla amigos, ni valedores, ni compasión entre los hombres: y si tampoco la halla en usted, va a volverse loco, a morir en un calabozo, desesperado... condenado... ¡Oh! ¡Salve usted a mi padre y a mi de una muerte desastrosa!

Estas palabras, el acento grave y profundamente conmovido con que fueron pronunciadas, la expresión de dolor, el delirio que se echaba a ver en el rostro de la joven, todo pareció herir la impasible y calculadora imaginación de la beata, pues tras largo silencio repuso:

—Alza, Celestina. Tu padre se salvará.

—¡Ah! —exclamó ella en un arranque de júbilo. Y la conmoción le quitó la voz y el conocimiento en brazos de la madre Agustina.

Ésta, cuando la joven estuvo en disposición de volverla a oír, le manifestó, con la amabilidad posible en su carácter que no había motivos para temer una desgracia, y tan próxima mucho menos; que consultaría el caso con las hermanas y su padre confesor, a fin de ver el modo mejor de servir a don Rafael sin cometer un pecado mortal, que, en el evento de no poderle ocultar en su beaterio, se buscaría otra casa que brindase las mismas seguridades de la suya.

—Y entretanto —añadió—, te aconsejo, hija, tengas paciencia y más confianza en Dios, que no deja nunca de la mano a los que le aman y afligidos imploran su favor. Ruégale envíe fuerzas y resignación con que resistir los golpes de la desgracia. Job, en el muladar, es un digno ejemplo de imitación para las almas atribuladas... Mañana temprano te avisaremos del resultado de nuestras conferencias, porque es ocioso que te repita que yo sola, ni tan

pronto, puedo tomar una determinación decidida en asunto de tanta gravedad. De todos modos, no pierdas la esperanza ni te desconsueles. Tu padre
se salvará de la cárcel.

XVI

Poco después que salió de casa de las beatas don Rafael con sus hijas, entró en ella el padre Caicedo.

Era este un hombre de aspecto venerable, no solo por su elevada estatura. Por sus canas y por su reposado continente, sino también por la expresión de severidad cristiana que desde luego se advertía en su rostro moreno, de pronunciadas facciones; severidad que no tanto nacía de la confianza en las virtudes propias, cuanto de las mortificaciones que se había impuesto para subsanar antiguas faltas. Su vocación primera no había sido ciertamente la Iglesia; pero le echaron en ella desgracias e injusticias de los hombres, como en el único refugio en podría hallar amparo contra las mismas pasiones y contra la persecución de enemigos encarnizados.

No siendo de este lugar la relación minuciosa de su vida y sucesos, nos contraeremos solamente a notar aquellos rasgos más marcados de su carácter.

Aunque la injusticia de que hablamos antes le había puesto en cierto modo fuera de la justicia de la tierra, la amaba por instinto y la respetaba demasiado para ver sin escándalo y horror que se torciera con el más humilde y miserable de los hombres; así también que, cuando caía derecha sobre la cabeza del culpable, no podía menos que reputar por delirio grave el poner estorbos a su cumplimiento. La justicia era para él el Sol del alma humana, por lo que solía decir que el día que se apagara su lumbre sobre la tierra volvería esta al caos, a la nada de donde salió. Por lo demás, habiendo bebido la fe y las creencias que profesaba en las claras fuentes del cristianismo, esto es en las Santas Escrituras, tenía bastante rectitud, sencillez y cordura en sus opiniones y en las prácticas que el dogma exige de todos sus secuaces.

Tal era y tal pensaba el confesor de las beatas Curbelo.

Cuando entró en su casa, estaban ellas rezando. Dioles las buenas noches, y sentóse a un lado en una butaca baja antiquísima que siempre le tenían preparada en el testero de la izquierda, frente al nicho de la Virgen. Ni las madres interrumpieron su rezo por la llegada de su confesor, ni éste levantó la cabeza del pecho luego que tomó asiento, hasta que aquellas hubieron acabado y le pidieron su bendición.

—¡El Señor oiga vuestras oraciones y os premie según vuestros merecimientos! —contestó el padre en tono grave.

—Amén —replicaron en coro las beatas.

—¿Se siente bueno de esta mañana acá? —le preguntó de allí a poco la madre Agustina.

—Bueno. Perfectamente el cuerpo...

—¿Y el espíritu? —agregó la madre Seráfica—. Me ha parecido adsvertir que nuestro padre no traía la cara como otras veces.

—No... confieso que no.

—Si yo no me equivoco nunca.Tengo un ojo... Cualquiera creería que había recibido un susto nuestro padre... una mala noticia. Está pálido.

—Puede ser, hermana, que lo esté; pero no de susto, sino de tristeza, de dolor.

—Pues ¿qué ha sucedido? —preguntaron otra vez a coro las madres, apresuradas y acuciosas.

—Nada de que deben sobresaltarse, mis hermanas. Cuando venía por la calle de Compostela, me encontré de vuelta contraria a ese infeliz padre de familia, a don Rafael Pérez, que a mi concepto salía de acá. Iba rodeado de sus hijas. Aunque todos me saludaron con amabilidad, noté en la fisonomía del padre un trastorno grandísimo. Su abatimiento y el de sus hijas, principalmente de la mayor, no pueden estar ocultos. He oído decir que sus acreedores le persiguen de muerte, y que se quedará en al calle, que va a hacer cesión de todos sus bienes... Siempre me debió la opinión de honrado ese mercader.

—Así es —añadió la madre Seráfica, afectando la mayor humildad—. A primera vista lo que suena es que Pérez, de honrado, hace entrega de todos sus bienes a sus acreedores. Pero ¿no le sorprende a nuestro padre que un hombre de tan reducida familia, y que no gasta ningún lujo, haya contraído deudas que suben a más de veinte mil...?

—¡Hermana! ¡Hermana Seráfica! —le interrumpió la madre Agustina, tirándole con disimulo de un canto de la saya.

—Yo no creo que también sea murmuración esto que digo —replicó en voz alta la interrumpida beata.

—Y sin duda que no lo es —prosiguió con dulzura el confesor, a quién no se escapó ni la acción de la una, ni la intención de la otra—. Por ahora, nuestra hermana no tiene que arrepentirse de haber caído en pecado venial, sino en error, que es disculpable hasta cierto punto en las personas que no están al cabo de las cosas del mundo. Me explicaré. Un hombre honrado, quiero decir un hombre virtuoso y cristiano, muy bien puede contraer muchas deudas, y no gastar lujo, ni tener gran familia. Y en el comercio se ven a cada paso muchas de éstas que parecen anomalías. Porque supongamos que un mercader, don Rafael Pérez por ejemplo, desea hacer frente a una especulación de la que espera sacar muchas ganancias: contrae empeños y especula; entretanto baja el precio de los géneros en que especuló, para la moda de ellos, no se venden, se le paraliza aquel capital invertido, y no solo no puede circularlo, sino que no encuentra quien vuelva a fiarle para emprender en otra cosa. ¿Qué sucede? Que se queda adeudado y se arruina, pues casi siempre un mal paso trae doscientos peores.

—Ése es mi tema —saltó la madre Seráfica—. Por otra parte, con lo que está sucediendo a don Rafael, ¿quién dudará que Dios castiga sin palo ni piedra?

—No creo yo —dijo la madre Agustina, con su acostumbrada moderación— que don Rafael sea un santo, nada de eso; era preciso que no fuera criatura humana. Con todo, me parece que no es solamente por sus culpas para con Dios que él padece ahora tribulación. Estoy persuadida que no poco contribuyen las injusticias de algunos hombres malos a agravar sus padecimientos.

—¡De injusticias está llena la tierra! —exclamó el padre Caicedo, cual si hablase consigo mismo—. Y no será extraño que ese hombre mercader sea una de las muchas víctimas que el mundo consagra a la crueldad, al egoísmo y a la ambición humana. Su humildad y su honradez notorias ya me le habían recomendado. Explíquese más al hermana.

—Conozco a don Rafael hace muchos años. Mi padre, que santa gloria haya, fue en el siglo mercader, y desde bien pequeño recibió en su tienda a Pérez de mancebo. A su muerte, acaecida ha como veinte años y pico, le dejó su granjería por medio de venta; pues se portó con tal honradez y economía, que al cabo hizo capital. Entonces se casó con una mujer muy buena y virtuosa, a quién se sirvió el Señor llamarla a sí el año pasado, dejándole tres hijas, que nuestro padre conoce. No obstante, tal parecía que Dios le tenía destinado para el celibato o la Iglesia, porque desde que contrajo matrimonio empezó a volver para atrás, para atrás... y a experimentar desgracias sobre desgracias...

—Dícese —interrumpió la madre Mónica, que hasta allí había guardado silencio— que cuando joven adoleció de una grave enfermedad, y que estando para morir hizo voto de consagrarse al servicio del Señor si le restituía la salud...

—Y no lo cumplió —repuso la madre Seráfica—. La hermana Agustina no quiere creer que ese hombre tiene bien merecido los males que ahora experimenta.

—Siempre he reconocido la divina misericordia en el castigo de nuestra faltas, y la hermana Seráfica me hace una injusticia en suponer que yo niego que tenga merecido el de las suyas don Rafael Pérez. Lo que ya he dicho, y ahora repito, es que no puedo persuadirme de que todas las tribulaciones que en el día padece le vengan de Dios. Como iba diciendo a nuestro padre, desde que se casó empezaron a llover desgracias sobre su cabeza; enfermedades de los hijos por una parte, y muerte de algunos de ellos y aun de la esposa por otra; enfermedades y muertes también de los esclavos; robos que le hicieron en la tienda; especulaciones mal combinadas y peor desempeñadas; engaños, falsedades, pérdidas sin cuento... En una palabra, todos los males que pueden caer sobre una infeliz criatura para abatirla y arruinarla...

—Nuestra hermana misma está confesando mi aserto.

—No me interrumpa otra vez si no quiere que le diga que no abriga caridad...

—Nadie dirá en justicia que Dios la ha agotado en mi corazón. Lo que sí es cierto, que no derramo la caridad como otras personas, porque la doctrina cristiana me enseña que no tanto son buenas las obras en cuanto se prodigan, sino en cuanto las merecen aquellos por quienes se hacen.

—Adelante, hermana Agustina —dijo lleno de calma el padre Caicedo—. La hermana Seráfica no deja de tener razón. Con todo, paréceme que se altera, y lleva camino de caer en la ira, si el Señor no la tiene de su mano.

—El expediente natural de mi voz hace parecer que me altero, cuando mi espíritu está tranquilo. También es necesario que nuestro padre confesor tenga presente que hablo con la convicción de que carece la madre Agustina, y así, pues, mi acento mis palabras no es mucho que salgan con alguna energía. Figúrese nuestro padre si yo tendré bien conocido al hombre de que se trata cuando, mucho antes de casarse con la mujer con quién se casó, estuvo para casarse conmigo. ¿Cómo ha de tener perdón de Dios el hombre que no cumple sus votos y engaña a una débil mujer? ¿Cómo ha de obrar nadie bien con quién no lo obra con nadie?

—Cualquiera diría que la resignación, las oraciones y la penitencia no habían podido borrar de nuestra hermana los recuerdos del mundo —observó el confesor hundiendo la cabeza en los hombros y el seno.

—Bien sabe Dios que sí, padre nuestro —contestó la madre Seráfica compungida—. En mis continuas oraciones no le he pedido otra cosa; y no ceso de rendirle gracias por haberme mostrado a tiempo los engaños y maldades que encierra nuestro siglo.

XVII

—Pues, conforme iba diciendo, padre nuestro —prosiguió la madre Agustina con gran tranquilidad y reposo—, vino tan a menos el infeliz don Rafael después que se casó, que de hombre rico, ahora diez o doce años, ha llegado a ser pobre, y tanto que hoy absolutamente tiene con qué satisfacer ni la tercera parte de sus muchas deudas. Ofreció hacerlo en varios plazos cuando se presentó a concurso; pagó el primero haciendo un gran sacrificio; pero el segundo de ningún modo puede pagarlo; y la mayor parte de sus acreedores dice que o paga o va a la cárcel.

—¡A la cárcel! —exclamó la madre Mónica—. ¡Pobrecito de él y sus hijas! ¿Qué será de ellas solas en el mundo, rodeadas de tantos peligros? ¿Qué será de don Rafael cuando se vea entre millares de condenados?... ¡Jesús! ¡Jesús! ¡Qué siglo alcanzamos!

—Dudo mucho —añadió el padre Caicedo, sereno— que haya justicia para poner en la cárcel a un deudor que hace entrega formal de todos sus bienes a sus acreedores, pues me han dicho que don Rafael piensa hacerlo así en el conflicto en que se halla. Sería una grande injusticia, digna del castigo del cielo. ¿Qué más puede hacer un deudor que desea pagar a sus acreedores, que decirles:"Yo no tengo dinero, pero aquí están mis bienes: cójanselos y repártanselos"?

—Eso mismo decía yo —prosiguió la madre Agustina—, y eso mismo le decía Celestina a su padre; más éste le contestó que no era porque no tenía dinero por lo que le enviarían a la cárcel, sino porque no encontraba uno que le fiara y abonara que no escondía bienes de sus acreedores.

—Ya eso muda al especie, hermana. Si hay alguna ley que lo disponga así, que se cumpla. Nosotros, como Jesucristo, debemos decir: «No venimos a destruir la ley, sino a apoyarla." Ante lo que los hombres llaman justicia, lo mejor y más acertado es callar, y esperar el resultado de arriba, del cielo, que es donde mora y se asienta la verdadera justicia.

—Luego, por supuesto, será un pecado esconder a un deudor de la persecución de sus acreedores...

—Lo es de los graves, hermana Agustina. ¿Cómo se cumpliría la ley y se satisfaría la justicia si se pone estorbos a su cumplimiento y satisfacción?

—Pero ¿nuestro padre cree que en todos los casos y en todos los deudores debe ejecutarse esa ley dura?

—Si ella no hace excepción, en todos los casos y en todos los deudores.

—¡Ah! —dijo la beata tapándose la cara con las manos—. ¡Desventurado padre de familia! No hay recurso para él.

—¡Qué! ¿Tan destituido se halla que no encontrará un alma caritativa que lo socorra?

¿No tiene amigos?

—Ninguno: al menos así me lo ha dicho su hija con lágrimas en los ojos. Crea nuestro padre que me parte el corazón pensar en lo que va a sucederle a don Rafael Pérez. De ésta, sin duda, se queda al perecer. Porque los acreedores es más que probable que no se contenten con la tienda, sino que se echarán sobre la casita en que vive, se la quitan y le dejan en la calle, materialmente en la calle. Yo estoy tan atrasada...

—Vaya, que no sucederá así, hermana —repuso de pronto la Seráfica, apretando los labios y alzando dos o tres veces la cabeza a guisa de caballo que tasca el freno—. Don Rafael es muy pillastrón. Siempre está llorando miseria. Ya en él es una maña decir que no tiene un peso, que se muere de hambre y que los acreedores no le dejan tranquilo. Si le conoceré yo, después de veinte y tantos años... ¿Va que al día siguiente de la cesión de bienes tiene él más dinero que nunca?

—¡Hermana Seráfica! —replicó la madre Agustina en tono severo—. ¿Cuándo será el día que su malicia deje en paz los huesos de sus prójimos?

—Cuando nuestra hermana —añadió ella precipitadamente— deje de ser crédula y bonaza, así como Dios la ha hecho; cuando no saque el corazón y lo entregue porque le lloran cuatro lagrimitas; cuando confiesen que hay mucha maldad y mucho fingimiento en el mundo, y cuando se convenza de que don Rafael es un hombre como todos los hombres del siglo y más malo que todos, pues no oye misa, ni da limosna a los pobres.

—¡Ave María Purísima! —dijeron a un tiempo la madre Mónica y la madre Agustina—. Calle, calle —continuó la última—, hermana Seráfica. Mucho es preciso que castigue esos labios por los pecados que diariamente comete con ellos. Calle, por las llagas de San Francisco.

—No callo, no señor; no debo callar. Bien saben mis hermanas que a mí no me gustan tapujos ni misterios. Si se figuran que yo no sé para qué vinieron hoy acá las hijas de don Rafael, se equivocan de medio a medio. Voy a decirlo delante de nuestro padre para que él también lo sepa. ¡Admírese! Vinieron a suplicarle a nuestra hermana Agustina que les permitiera esconderle en esta casa para libertarle de las persecuciones de la justicia... ¿Ha oído nuestro padre cosa igual en su vida? ¡Meter aquí en nuestra casa un hombre, y un hombre como don Rafael!... ¿Para qué hemos quedado nosotras?... Pero yo no me opongo a que venga: nada de eso. Que venga muy enhorabuena cuando guste y mis hermanas lo dispongan. Él entrará por una puerta y yo saldré por la otra, y derechito me iré al convento...

Las hermanas Mónica y Agustina inclinaron la cabeza sobre el pecho, murmurando oraciones por el alma de la hermana Seráfica, que creían en pecado mortal y el padre Caicedo, apoyada la mejilla en el puño, con el ceño parado, como de hombre reflexivo, estuvo contemplándola largo rato sin desplegar los labios. Al fin, hablando con todas sus hijas de confesión dijo de esta manera:

—No permita Dios que al cabo de tanto tiempo como hace que mis hermanas duermen bajo el mismo techo, rezan al pie del mismo altar, y comulgan a la misma hora, no permita Dios, digo, que yo vea turbada la paz de esta casa y levantada la discordia. Ya hemos recomendado a nuestra hermana Seráfica la paciencia y la humildad que Jesucristo recomendaba tanto a sus discípulos para alcanzar el cielo. Esperamos que no vuelva a faltar a nuestro precepto, que es el de Dios. Ahora conviene que la hermana Agustina nos explique la verdad de lo que pasa.

La beata Seráfica se cubrió la cara con las manos y lloró; y la preguntada dijo:

—Nuestro padre puede estar seguro que no seré yo jamás la causa de la turbación de la paz de nuestra casa. Espero que tampoco mis hermanas lo sean. Mas volviendo al falso testimonio que me levanta la hermana Seráfica...

Iba ésta a contestar con la precipitación y el arranque que solía, cuando el padre Caicedo le hizo una señal con la mano abierta, callose, y la madre Agustina prosiguió así:

—Dije que se me levantaba un falso testimonio, porque aunque es verdad que las hijas de don Rafael estuvieron aquí hoy para suplicarme que les permitiera esconder en esta casa a su padre mientras duraban las persecuciones de sus acreedores, no es verdad que yo les diera mi palabra de admitirlo. El caso siempre me pareció grave, y esperaba la venida de nuestro padre esta noche para consultárselo y determinar lo más conveniente. Si desde el principio no declaré lo que pasaba y mis intenciones, fue porque quise sondear los ánimos y esperar a que cada cual diera su opinión libremente. Y ya se habrá visto que, en cuanto me dijo nuestro padre que era un grave pecado oponer estorbos al cumplimiento e la justicia, me callé, compadecí en el alma a don Rafael, y no hice más observaciones. Bien sabe Dios cuánto me pesa no poder socorrerlo. Bien sabe Dios que daría lo que no tengo por no verle en la miseria y tribulaciones que ahora padece. Siquiera por las tres inocentes niñas, que perdieron la madre el año pasado, merece toda nuestra compasión y el amparo de las almas caritativas y cristianas... Pero ¡hágase la voluntad de Dios!

—En efecto —continuó el padre confesor después de una buena pausa—; como dice muy bien la hermana Agustina, el caso es grave y merece se considere detenidamente. Por una parte, si amparamos a don Rafael, faltamos a uno de los deberes más sagrados del cristianismo, pues ponemos estorbos al cumplimiento de las leyes; pero por otra, si no le amparamos, va a verse ese pobre padre envuelto en miseria, arrojado a la calle, maltratado y encerrado en una cárcel, confundido con los criminales, y sus hijas, sus desgraciadas e inocentes hijas, sucumbirán al hambre, a los rigores de la suerte, y... hasta a la desesperación. Entre estos dos males, ¿por cuál debemos decidirnos? Por el menos grave.

—Y ¿cuál de los que acaba nuestro padre de pintarnos juzga que es menos grave?

—He aquí lo que no sabré decir en este momento. Bien se me alcanza, que harto gran favor se le haría a don Rafael con permitirle el asilo de esta casa, porque difícilmente darían con él sus perseguidores; pero este asunto no hemos de mirarlo solamente por el lado eterno, sino también por el temporal. Quiero decir, que aunque yo pueda discernir la gravedad moral de la culpa que mis hermanas cometerían si ampararan a don Rafael, no sucede lo mismo respecto a la culpa civil. Y esto, antes de dar mi último parecer, me permitirán mis hermanas lo consulte con persona abonada, de juicio y corazón recto.

—Que sea breve esa consulta es lo que hemos de merecerle —observó la madre

Agustina.

—Mañana mismo creo que podré darles mi opinión definitiva.

—Se lo agradeceremos mucho, padre nuestro, porque deseamos de todo corazón servir a don Rafael, a quien tantos favores le debemos. Su hija, la mayor, espera mi determinación con ansiedad, pues mañana es el día en que se cumple el plazo de la deuda de su padre, y si no paga, o no encuentra donde refugiarse, de seguro que le llevarán a la cárcel...

—¡El Señor le mire con ojos de piedad, y a todos nosotros también, que aún andamos por este valle de miseria! —exclamó el padre Caicedo.

Y tomando su sombrero de ala ancha y retorcida, se arregló el manteo, echó su bendición a sus entonces taciturnas y silenciosas ahijadas, y salió a la calle con paso gravedoso y tardo.

XVIII

Por fin llegó el día fatal, y probablemente, su padre, pasose la noche como la anterior, formando vaporosos castillos en el aire, proyectos y cálculos lisonjeros, que al compás de las horas se desbarataban lo mismo que las nieblas al compás del calor solar.

Resuelta a no dejar solo a su padre ni un punto en el trance amargo que le preparaba la desgracia aquel día, conoció que necesitaba de toda su astucia, de toda su discreción y de toda la fuerza de su alma apasionada para retenerle en casa y hacerle más llevadero el golpe terrible.

El mercader le había cobrado tal afición a su tienda, estaban de tal modo encarnados en su corazón el oficio y la granjería en que empleó más de un tercio de su vida, que era un sacrificio inmenso, superior a sus fuerzas, el que exigían de él el honor y la necesidad de consumo.

—¡Haber consumido más de veinte años —discurría él consigo mismo— entre cuatro entrepaños, arreglando piezas de género, liando paquetes, midiendo, cortando, despachando; y de repente cambiar de oficio, dejar la vara y la tijera y emprender otra cosa al cabo de mi vejez! ¡Ah, no, nunca! ¡Primero que tal suceda perezca yo cien veces!... ¿Quién sabe a manos de qué botarate, barbilampiño y arrastrado pasará mi tienda, mi querida tienda, que gané con el sudor de mi frente, con mis privaciones con mis malas noches y peores días? Allí entrarán mis enemigos, los envidiosos de mi retiro y tranquilidad, y echarán por tierra las piezas, y descubrirán las cajas y los paquetes, y lo revolverán y descompondrán todo sin miramiento ni compasión. ¡El trabajo de veinte años quedará desbaratado en dos horas!... ¡Oh, no! No sucederá así: yo os lo juro. Tal sacrilegio no lo verán mis canas. La tienda que casi nació y prosperó conmigo, acabará conmigo.

Según entraba el buen mercader en su discurso, íbase animando, mejor dicho, exaltando, al extremo de empezarlo mentalmente y sentado en las barras de su cama, y acabarlo en alta voz, de pie y accionando como un furioso. Su hija, que no le perdía de vista un punto, conociendo que se preparaba a salir, pues ya tenía puesta la corbata y el chaleco, entró de improviso en el cuarto, se fue derecho a él, le aferró por entrambos brazos, y mirándole al cuello, sacudiéndole y sonriendo, le dijo:

—¡Ah, Jesús, y qué mal puesta tiene usted hoy la corbata. Qué desgreñado el pelo! ¿Por qué no me ha llamado usted? ¿Hemos reñido? ¿Ya no soy su querida Celeste? Debía ponerme brava con usted.

—Como tenía que salir en este mismo instante —contestó don Rafael, observando como alelado las acciones y alegre humor de su hermosa hija—, no quise molestarte.

—Sobre que voy creyendo que estamos peleados de veras... ¿Cuándo me ha molestado usted con llamarme? ¿Cuándo no le he peinado y compuesto antes de salir? ¿Qué novedad es ésta? Pues en castigo de esa falta, ahora va usted a sentarse ahí en el sillón, y esperar a que yo le peine y le arregle la corbata. ¿Qué dirían las gentes si le vieran así? Dirían que sus hijas son abandonadas, que no le cuidan, ni le quieren. Y en verdad que se engañarían. Sí, señor, se engañarían de medio a medio. Porque nosotras somos las que queremos a usted y usted no nos quiere a nosotras.

Es fácil que el triste anciano no escuchase estas últimas palabras de la joven, porque nada replicó. Sin embargo, sentose en el sillón que ella dispuso, y, en la apariencia tranquilo, diose a esperar a que su Celeste le alisara el cabello y ciñera la corbata. Pero, como no pretendía otra cosa que entretenerle y retenerle allí, en vez de hacerle lo que le dijo, le desató aquélla y el chaleco, so pretexto que no eran limpios, y entrose en el cuarto próximo en busca de otros. A intento se detuvo grande espacio, según vulgarmente se dice, haciendo que hacía, hasta que, recordando el mercader y apurada su paciencia, la llamó a voces. Vino corriendo Celeste, y con la cara risueña, y bastante naturalidad y gracia, exclamó:

—¡Dios mío! ¡Qué apurado está usted! ¡Parece que teme se le caiga encima la casa! Nunca creí que mi padre fuese tan ingrato con su querida hija.

Y cargó el acento sobre el cariñoso adjetivo, por si lograba picarle y llamarle la atención hacia un asunto enteramente opuesto a su deseo de salir y de volverse a la tienda. Pero don Rafael se manifestó casi insensible. Y mucha debía ser la preocupación de su ánimo, cuando él, modelo de padres tiernos y cariñosos, oía las quejas lo mismo que los halagos. Celeste no desmayó por eso. Habiendo previsto todos los obstáculos y dificultades con que tenía que luchar, a medida de la frialdad del padre, crecían la vehemencia de su afecto y el ansia de vencerle y sujetarle.

—Ganemos tiempo —decía ella para sí—, que puede que Dios me socorra. Después de haberle atado la corbata, peinádole y puéstole el chaleco, con la mayor prolijidad y esmero, entrecogiole por el brazo y le llevó al cuarto próximo, donde aún dormían Natalia y Angelita en un mismo lecho, como dos palomas en su nido.

—Anoche —le dijo Celeste en tono de dulce reconvención— ni un cariño hizo usted a esos dos angelitos. Míreles usted, míreles bien a la cara y a la boca. ¿No parece que piden un beso y un abrazo? ¡Ay! ¡Cómo suspiraron ayer en casa de las madres Curbelo! Partía el alma oírlas. ¿No les dice usted nada?

—Déjalas dormir —respondió don Rafael en ademán de marcharse—. Yo tengo mucho que hacer hoy.

—Ya están despiertas —replicó Celeste—. ¡Angelita, Natalia! —añadió, removiéndolas blandamente—. Aquí está papá. Levántense.

Las dos niñas, con el rubio y ensortijado cabello revuelto por las espaldas, con las mejillas y labios rubicundos, y con los ojos brillantes por la influencia del sueño y del calor de la pieza en que dormían, pusiéronse de rodillas en la cama, extendieron hacia su padre, porque ya estaba en la puerta, las lindas manecitas, y clamaron a un tiempo diciendo:

—Papá... papá... ¿se va usted?

Este clamor, según lo esperaba Celeste, fue el golpe eléctrico, la varilla mágica que detuvo y encadenó a don Rafael a la cama e sus hijas, a quienes estrechó en luengos abrazos. Aquélla, sin pérdida de tiempo, luego que le vio tan bien enlazado y sujeto, pasó al cuarto escritorio y escribió las dos líneas siguientes:

«Don Camilo: en este instante se hace necesaria la presencia de usted en esta su casa. Celestina padres»

Doblado y sin oblea el susodicho billete, dióselo en secreto a la esclava Encarnación, diciéndole:

—Corre: lleva este papelito a la tienda y entrégaselo a don Camilo. Urge. Diez minutos que tardes en ir y volver será mucho, conque no te digo más.

Pero la negra no echó diez minutos en la mandería, sino veinte: y Celeste, que llena de impaciencia la esperaba en el postigo de la ventana, antes de abrir la puerta le preguntó:

—¿Por que has tardado tanto, mujer? Ya papá está por los cabellos; ya no tengo con qué entretenerle.

—¡Ay, niña! —contestó Encarnación, respirando con todos sus pulmones—. Déjeme su merced, no me diga nada. Yo hubiera estado aquí de vuelta en menos de diez minutos. Vengo muerta de cansancio y de miedo. Sí, señor, de miedo. ¡Si su merced supiera lo que me ha sucedido!

—Pero ¿qué respondió don Camilo? ¿Viene o no viene? Acaba.

—Ahora verá su merced; pues, señor, salí yo con mi papelito en la mano, corriendo, como su merced me encargó, cuando al doblar la esquina...

—¿Me dices lo que respondió don Camilo, Encarnación?

—Oiga su merced primero esto... Cuando al doblar por la esquina, me topé con un caballero, blanco, rosado como su merced, rubio, sin pelito de barba. ¡Qué! ¡Tenía la cara como una mujer! Me miró. ¡Ah, niña! Me miró de arriba abajo, y aunque sus ojos eran azules como el cielo, crea su merced que me dio miedo. Sus ojos echaban candela. Pasé por delante de él y me siguió... Apreté el paso y lo apretó él: corrí yo y corrió él. Hasta que entré en la tienda. Él se quedó arrimado a la pared. Entonces me puse a aguaitarlo de lado... ¿Ha de creer su merced a quién se me pareció? A aquel caballero que entró aquí anteanoche, cuando el amo...

—¡Ah! —exclamó Celeste cortando el discurso de la habladora criada—. Ése es Weber.

¿Y qué hizo? ¿Qué te dijo? ¿No te volvió a perseguir?

—Ahora verá su merced. Apenas salí de la tienda, por más que quise escaparme me alcanzó y me dijo:

—¿Qué buscabas ahí?

—Venía a un recado de mis amos.

—Mientes —replicó—. De tus amos, no. Di mejor de tu ama, de la niña Celeste.

—Sí, señor.

—¿Qué papel entregaste al mozo principal de la tienda?

—Uno que para él me dio la niña...

—¿Le respondiste eso?

—Y ¿qué quería su merced que hiciera? Si su merced le hubiera oído y visto lo colorado que se puso, y las miradas de candela que me echó, estoy segura que no le responde otra cosa.

En este punto llamaban a la puerta de la calle, y a la del cuarto de las niñas asomaba en son de despedirse don Rafael, por lo que Celeste y Encarnación interrumpieron bruscamente su interesante diálogo.

XIX

—Corre al cuarto de las niñas —dijo Celeste, con la presteza del relámpago, a Encarnación que iba a abrir la puerta de la calle—, y diles que papá se va, y que le llamen y lloren para que no salga.

Efectivamente: no bien les comunicó la negra la noticia de su hermana mayor, echáronse fuera, alcanzaron a su padre y le abrazaron por las rodillas, llorando y diciendo:

—¡Papá mío! ¡Papá! ¿Conque se va usted y no vuelve? Yo no quiero quedarme: yo quiero ir con usted.

Entretanto esto pasaba en el patio, y entretanto don Rafael contestaba a las quejas de sus tiernas hijas, Celeste abrió la puerta de la calle, apoyose con ambas manos en el marco de las hojas, y, sacando fuera la mitad del cuerpo, con gran precipitación habló así al recién llegado:

—Don Camilo: es fuerza que usted detenga a mi padre. Quiere salir a la calle, volver a la tienda y temo que allí le prendan y le lleven a la cárcel. ¡Ah! ¡Por el amor de Dios! Háblele usted: hágale cuantas reflexiones le sugiera su entendimiento; píntele, si es preciso, los riesgos que corre yendo a la tienda, la desolación y los males que por una imprudencia va a derramar sobre su afligida familia. En una palabra, don Camilo; opóngase usted a su salida... A su juicio dejo el mejor modo de conseguir el resultado que deseamos...

—¡Ay! ¡Qué bella y qué interesante la hace a usted el dolor! —exclamó don Camilo, que más atención había parado en la perfecciones de la doncella que en sus palabras y en su afán.

—¡Don Camilo! —repuso ella ruborizada—, ¿Es ocasión esta de lisonjas y galanterías?

—Son tan pocas las ocasiones en que la suerte me proporciona esta dicha, y es tal el afecto que usted me inspira, Celestinita, que no es mucho que parezca inoportuno e indiscreto algunas veces. Mas ¿quién no lo será, quién no perderá la chaveta, y no se olvidará del mundo entero, cuando se ve delante de una hermosa, y... hermosa cual usted?

—¿Así aprecia usted a mi padre, y...?

—Porque le aprecio adoro a su hija. A su hija amo en él, y a el en su hija.

—¡Oh, don Camilo! Usted me dice esas palabras porque no sabe cómo está mi alma. Ve usted mi angustia y se entretiene en chanzas...

—¿Chanzas? ¿Chanzas? ¡Bueno soy yo para chancearme! Yo siempre hablo la verdad, si usted es hermosa y la amo, ¿por qué tengo de ocultarlo? Amar no es delito, y amar a quien se lo merece mucho menos.

—¿Entra usted o no? —repuso Celeste con enfado. Mas, cambiando repentinamente de tono y de expresión, añadió—: Entre usted, entre usted pronto, don Camilo. Mi padre se desprende de los brazos de Angelita y Natalia. Ya no hay quién le detenga. ¡Dios mío!

¡Dios mío! Ilumina a mi padre.

—Voy, Celestinita —contestó él, entrando—. ¿Qué no haría yo por usted? ¿Qué no se merecen ese palmito tan gracioso y ese cuerpo tan mono? Échele usted la llave a la puerta, y manténgase por ahí cerca. Usted verá si yo la amo y si aprecio a su padre. Si no fuera tan arrastrada, hubiera seguido la carrera dramática: me pinto solo para estos lances.

—¿Qué hay de nuevo? —preguntó don Rafael andando hacia el comedor, a donde llegaba su dependiente—. ¿Ocurre alguna novedad?

—No, señor, nada —contestó sacudiendo los hombros y balanceándose en ademán de abandono e indiferencia—. Venía solamente a decir a usted que si no quería molestarse en ir a la tienda...

—¡Qué! ¿Ya se han echado encima de ella los lobos carniceros? —le interrumpió el mercader con expresión feroz.

—¡Ca! Nada de eso; sino que como todos los acreedores se han negado abiertamente a la prórroga de las esperas que yo les propuse por su orden y, como están en extremo furiosos contra usted, sería prudente que no se presentase usted allí, por lo menos hoy y mañana, y pasado, y...

—¿Llama usted prudencia el acto de abandonar la tienda? Cobardía se llama, don Camilo. Sin embargo, no se dirá de mí. Allá voy ahora mismo. Y que vengan, que vengan esos bandidos a insultarme, y echarme de mi tienda, que gané con el sudor de mi frente. ¿No hay más que despojar a un hombre de su propiedad? Si hasta la fecha he sido un bonazo, y un sufrido y callado, ya no lo seré más, que no me da la gana. ¡Eh! Se acabó. Bastante han abusado de mi paciencia.

—Señor don Rafael —replicó el tendero, conteniéndole por un brazo—; repito a usted que es un acto de prudencia y no de cobardía el que le aconsejo. ¿Usted no tiene confianza en mi amistad y honradez? Cálmese usted en el paso que va a dar.

¿Qué ganará usted con ir ahora a la tienda? ¿No asisten a los acreedores justos motivos de enojo, así como a usted asisten justísimos para no pagarles? Pues entonces, ¿para qué quiere usted provocarlos con su presencia? ¿Para qué quiere usted exasperar las pasiones cuando hay esperanzas de que se calmarán? Sí, señor: cuando hay esperanzas de que se calmarán. Yo soy un pobre, no se puede negar; mas no me faltan valedores. Porque le hago saber a usted que el señor don Cristóbal Rosilloso, mi amigo, paisano y favorecedor, todo junto, que ayer me propuso el manejo como jefe de una tienda de ropas que posee en la calle de Mercaderes, contándole yo el estado de los negocios de usted, me dijo que de corazón se compadecía.

—Todos se compadecen de mí, y todos lo que tratan es de ahorcarme.

—Si usted no me atiende y me interrumpe a cada paso, señor don Rafael... Óigame usted con calma. Rosilloso es notorio que tiene un alma muy buena, y mucho influjo y relaciones en la plaza. Me dijo según refería, que si usted le aseguraba que dentro de dos meses pagaba el segundo plazo que se cumple hoy, haría que sus acreedores firmaran la prórroga de las esperas...

—Y ¿por qué no me presta su fianza, que sería mejor, puesto que yo lo que quiero es pagar?

—No me atreví a proponérselo, porque como usted no entrega todos sus bienes... me pareció que era comprometerle...

—Inútiles son, por lo tanto, sus ofrecimientos y su compasión, y su influjo, y su buena alma y todo...

Esta brusca salida de don Rafael, de todo punto desconcertó a don Camilo, que ya no tuvo valor ni fuerzas para aconsejarle y detenerle. Hízose, pues, a un lado, y le dio paso. El mercader, cada vez más furioso, llegó a la puerta, y, como la encontrase cerrada, comenzó a sacudirla, y llevaba trazas de echarla abajo, o de despedazarse las manos, que era más fácil, si no acude Celeste, la abre y le deja salir a la calle desatinado.

A don Camilo, que del trastorno y el chasco no acertaba a moverse del comedor, llegose la doncella, despavorida y llorosa.

—Don Camilo —le dijo juntando las manos y en tono de la más humilde súplica—, corra usted, siga a mi padre, no le abandone ni un instante, amigo mío. Mire usted que él no sabe lo que se hace, que camina a su perdición, y que moriré del pesar si le sucede alguna desgracia.

—Y ¿con qué me pagará usted los sacrificios y estos pasos que doy en su obsequio?

—¡Con el alma, con la vida! —exclamó ella en su delirio, sin considerar todo lo que prometía.

—¿No será con la moneda que tiene tanto uso entre vosotras las mujeres, es decir, con una ingratitud?

—¡Ah! No, no, don Camilo. Yo no puedo ser ingrata con el salvador de mi padre. Corra usted por la Virgen Santísima. ¡Se va solo! —añadió yendo al postigo. Y luego volviendo—: Ya dobla la esquina. Evite usted una desgracia, amigo mío, y no tendrá que arrepentirse nunca.

—¿Nunca? —preguntó el astuto tendero, lleno de animación y alegría el semblante.

—¡Nunca! —repitió la joven con voz hueca, que parecía salir de las profundidades de la tierra.

Sentose en una silla y se cubrió la cara con las manos.

Don Camilo, después de haberla contemplado breve rato, marchose murmurando y sonriendo irónicamente:

—Sí: has jurado que has de ser mía, desdeñosa, y lo serás o pierdo el nombre que recibí en la pila.

XX

¡Pobre Celeste! Tantos golpes, y tan repetidos, comenzaban a causar el consiguiente efecto en la salud de su cuerpo delicado. Y las leves tintas de color violáceo que las vigilias y los pesares habían esparcido alrededor de sus en otros tiempos alegres ojos y nacaradas mejillas, eran una prueba bien patente de lo que decimos. El brillo, pues, de su rostro, natural en la edad que contaba y en la belleza que había merecido del cielo, se había como apagado; de que le resultaba un aspecto más melancólico que de ordinario, y menos hermoso, pero doble interesante. Su cuello y talle, asimismo, habían adquirido mayor esbeltez, en cambio del menor aliño de sus adornos, de su menor viveza en sus maneras y de la menor agilidad en sus movimientos.

De constitución nerviosa, y susceptible de todas las impresiones así físicas como morales, los primeros síntomas de decaimiento de su salud se declararon por temblores convulsivos en todos los miembros, y por la pérdida de la memoria. Sucedíale a menudo tener que enhebrar una aguja, y serle casi imposible conseguirlo sin la ayuda de alguna de las hermanas; ir a beber agua y derramar la mitad antes de llevarse el vaso a los labios; ir por un pañuelo o un abanico a su cómoda y revolver de arriba abajo las gavetas sin atinar con lo que buscaba y otros pasajes por el estilo.

Aún corría el aciago día quince, y gracias a las instancias y reflexiones de don Camilo, el mercader volvió a su casa en la tarde del mismo. Su presencia en la tienda era tanto más peli;rosa cuanto que, a medida que crecían la furia y amenaza de los acreedores, crecían su pena, mortificación y pertinacia en no abandonar aquélla; y en esta lucha mucho era de temerse que le sobreviniese la muerte o la locura. Siendo, pues, difícil reducirle a un término razonable, no se había alcanzado poco con alejarle del teatro de su dicha y desgracia juntas. Pero no se contentó con esto don Camilo. Puestos en seguridad su capital y un poco de dinero contante que reservó para socorro de su amigo, manifestó ante el tribunal en que corría el concurso de éste, la imposibilidad en que se encontraba de pagar el segundo plazo de compromiso y la necesidad de hacer total cesión de bienes a los acreedores. Admitiósele ésta, según disposición legal, con calidad de que prestaría la fianza requerida; mas como no la prestase al segundo día, esto es, el diez y siete, declarósele deudor alzado, y por tanto, reo digno de prisión.

A tiempo supo, sin embargo, don Camilo el triste resultado le sus pasos para que don Rafael se pusiera en cobro, y antes de que acabara el día y le sorprendieran descuidado, fue a dar a Celeste la desagradable nueva. Ya para entonces la situación del ánimo del mercader se había trocado completamente: su furia y desesperación habían tomado un carácter melancólico y profundamente abatido, que no inspiraba menos temores a su amigo e hijas. Recibió con indiferencia estoica la noticia de su ruina y del mandamiento de prisión decretado contra él; mas cuando le dijeron que era preciso que se ocultara y huyera de las pesquisas de la justicia, que sin duda ya le andaría buscando, un carmín vivo asomó a sus arrugadas y marchitas mejillas, cerró el puño derecho, lo descargó con todas sus fuerzas sobre la mesa cerca de la cual se hallaba sentado, se puso en pie, y exclamó:

—Rafael Pérez, hijo de padres honrados desde la más remota generación, no humillará sus canas huyendo como un miserable ratero. Yo no he cometido ningún crimen; pero si la justicia me busca, aquí, en mi propia casa me encontrará.

Celeste, con quien pasaba esta escena, arrasados los ojos en lágrimas, cruzó sus brazos sobre el pecho, estuvo contemplando a su padre un buen espacio, y cuando le juzgó más calmado, le tomó una mano y le dijo:

—Padre mío: si usted conoce que cometen una crueldad y una injusticia en perseguirle, ¿por qué ha de mirar como deshonra la fuga? ¿Acaso solamente huyen los criminales?

¿Qué pierde usted con ocultarse? ¿No gana, por el contrario, el amor y el reposo de sus hijas, que sin usted se encontrarían solas en el mundo, sin amparo, sin refugio, sin consuelo? Mire usted, padre de mi alma: el otro día supliqué a la madre Agustina nos dejara refugiarnos en su casa, que es tan tranquila y oculta, siquiera mientras pasaban las persecuciones de los acreedores; y aunque todavía no me ha dado una razón definitiva, estoy casi segura de que si nosotros nos presentamos no nos cerrarán la puerta. Ella es muy buena: tiene un corazón que todo es amor y caridad. Su casa parece un convento: tiene muchos cuartos que nadie ocupa. Angelita, Natalia, Encarnación y yo, viviremos uno; usted otro; y allí encerrados, tranquilos, rogando a Dios, dejaremos pasar la tormenta. ¿Quién va a sospechar que estamos allí ocultos? Cerraremos esta casa para hacer creer que nos hemos marchado al campo, y en el papel de la puerta pondremos unas señas muy confusas, a fin de que los que vengan a alquilarla no sepan a dónde dirigirse por la llave. ¡Oh, padre mío! ¡Tenga usted piedad de sus hijas, que sin el corazón hecho pedazos no podrían ver que llevaban a usted a la cárcel!...

En esta sazón llamaron a la puerta de la calle. Celeste levantó la cabeza al modo que la corza cuando oye el rastrillazo de la escopeta que marró fuego, y prestó grande atención. Repitiéronse los golpes, acudía Encarnación a abrir, cuando ella, saliéndole al encuentro, la detiene, la hace volver atrás y en puntillas se encamina al postigo de la ventana. Corre bien la cortina, con los dientes abre un agujerito en ella, acerca a él uno de sus ojos, y observa con mucha cautela hacia la calle y en dirección de la puerta. A la vista de los dos hombres que a ésta golpeaban le dio un vuelco el corazón, y la sangre se le heló en las venas.

¿Podría equivocarse la doncella? Figuraos, pues, su miedo. Retrocedió despavorida, abrazose a su padre, y en voz que apenas se percibía, por la turbación de su ánimo y la torpeza de su lengua, díjole paso:

—¡Papá de mi alma! Ahí están los que vienen a prenderle. Ya que usted dice que a la justicia no se le puede cerrar la puerta, por el amor de Dios, escóndase usted.

—¡Yo! —exclamó el mercader poniéndose otra vez en pie—. ¡Yo huir! ¡Qué vergüenza! ¡Qué humillación! ¡Qué deshonra! Rafael Pérez, que siempre ha sido honrado, que no ha hecho mal a nadie, que desde que tiene razón anda recto, con la frente alta, por el camino de los hombres de bien. Rafael Pérez no se esconde de la justicia. Que venga, que entre: abre la puerta. Mira, hija, no se enfade esa señora.

—¡Oh, padre mío! —replicó la desolada Celeste—. ¿Así quiere usted a sus hijas, y se quiere a sí mismo, que pudiendo salvarlas y salvarse de una desgracia se entrega en manos de sus perseguidores? ¿Es éste el resultado que yo debía esperar de tantas lágrimas y súplicas, y precauciones y consejos?... Si ha de presentarse usted para que le prendan; si ha de dejarnos en este desamparo; si mañana o pasado la tristeza ha de acabar conmigo; ahórreme usted algunos tormentos; por piedad, ahógueme con sus manos o su pañuelo. Sí, padre: ahógueme antes que yo le vea ir a la cárcel amarrado como un delincuente: antes que el dolor haga pedazos mi corazón y muera desesperada.

¡Ah! Si el amor de padre fuese tan ardiente como el amor de hija, usted no me hablaría de vergüenza, de humillación, ni de nada de eso: el fuego de mi alma ya hubiera abrasado la suya, y ya usted se hubiera puesto en salvo...

—Pero, hija, hija: ¿qué es lo que exiges de mí?

—No, no me diga usted hija; yo no soy su hija —repuso ella separándose violentamente de los brazos de don Rafael.

Con la sacudida desprendiose el peine de carey que sujetaba sus cabellos, los cuales se le desmadejaron por las espaldas y el seno; y su rostro y su ademán, mansos y apacibles, súbitamente tomaron una expresión dura en que había algo de demencia y desesperación.

—Llaman otra vez —añadió, oyendo que menudeaban los golpes—. Van a echar la puerta abajo. ¿Se esconde usted o no, padre? Acabemos.

—Y ¿dónde tengo de esconderme, que no me encuentren? —respondió el mercader, herido por el tono imperativo y firme con que Celeste pronunció las últimas palabras.

Ésta, sin decirle otra cosa, le cogió por un brazo, casi arrastrando le llevó al tercer cuarto, y cuando le tuvo delante de una cama con colgaduras levantó con la mano izquierda un canto de la manta que caía hasta el suelo, y...

—Aquí debajo —le dijo.

—¡Aquí! —repitió don Rafael retrocediendo.

—Sí, aquí: bajo la cama de Natalia y de Angelita. No hay sitio más seguro en toda la casa.

—¡Hija mía!...

—Mientras usted no me obedezca, es inútil que me dé el título de hija. Pruébeme que lo soy para usted haciendo este sacrificio. Será el último que yo exija de usted.

—¡Celeste! —dijo don Rafael en tono suplicatorio—. Y si a pesar de todas estas precauciones dan conmigo esos esbirros, ¿dónde quieres que meta la cara?

—Silencio, padre. Van a oír su voz. Haga lo que le mando y confíe en su hija... Antes de llegar a usted tendrán que pasar sobre mi cadáver.

En tal punto los golpes de la puerta resonaban por toda la casa al mismo tiempo que la voz de los hombres, y se alborotaba el vecindario, y se detenían los curiosos de la calle. Don Rafael, conociendo al fin que el peligro arreciaba, y que de su salvación dependía en mucha parte la suerte futura de sus hijas, resolviose, aunque con gran repugnancia, a ocultarse bajo de la cama. Encima de ella se acostaron Natalia y Angelita por orden de Celeste; y ella, luego que hizo de sus cabellos destrenzados un rollo, que sujetó en lo alto de la cabeza con el peine caído, arreglose el pañuelo de los hombros, enjugose el sudor y las lágrimas que bañaban su frente y mejillas, y con paso firme y ademán resuelto se dirigió a la puerta de la calle para abrirla.

XXI

—Beso a usted los pies, señorita —dijo el más pequeño de los dos hombres, adelantándose a Celeste, que se había asomado en medio de las dos hojas entreabiertas.

—Beso a usted las manos —contestó ella sin moverse, para ver de cerrarle el paso.

—¿Es usted hija de don Rafael Pérez? —preguntó el hombre, siempre ganando terreno y con la cara muy risueña.

—Sí, señor.

—No puede usted negarlo. Vaya que se le parece usted... Sin embargo, no hay que negar, sino que usted le gana en tercio y quinto. Él no es buen mozo, que digamos, y usted... ¡Oh! Usted puede presentarse en cualquier parte, segura de que pocas le echarán el pie adelante en cuanto a buena cara, buena persona, y... ¿me permite usted pasar adelante? —añadió viendo la indiferencia e inmovilidad de Celeste.

Ésta se hizo a un lado, y el juez, seguido del alguacil como un cazador de su perdiguero, entró en la sala del mercader.

—¡Qué calor hace! ¿Eh, señorita? —prosiguió ocupando sin más ceremonias uno de los sillones que había junto a la ventana—. Me permitirá usted que me siente, porque traigo una sofocación y un cansando que no puedo estar en pie. Figúrese usted que desde que amaneció Dios ando por esas calles de Barrabás llenando una porción de comisiones... que así dieran dinero las condenadas como dan trabajos. Siéntese ahí, Cordeles —continuó hablando con su alguacil, el cual luego ocupó una de las sillas del testero de la izquierda, entre la puerta de la calle y la del comedor.

—Y usted, señorita, ¿qué hace de pie ahí en medio de la sala? Dispense usted que me haya sentado primero que la ama de la casa; pero ya he dicho a usted que venía muerto de cansancio, y yo no gasto cumplimientos: soy enemigo de la etiqueta.

Celeste, sin replicar palabra, sentose en una silla del testero de la derecha, frente por frente del alguacil, y tan cerca de la puerta de los cuartos como del juez.

—Y su padre, ¿tiene otros hijos? —preguntole este—. Hace tantos años que no le veo...

—Sí, señor, dos más: hembras.

—Hembras todos, ¿eh? Mejor. Si usted supiera desde cuándo conozco yo a su padre, señorita, se quedaría admirada. Desde el año de... de... ¿En qué año, Galloso? ¡Qué memoria la mía tan fatal! No estoy muy seguro del año, pero sí de que los dos éramos dos corojitos, aunque él un poco mayor que yo. Figúrese usted que yo le conocí el mismo día en que entró de mozo en la tienda del viejo Curbelo. Tendría él entonces doce años poco más o menos: acababa de llegar de su tierra. Lo menos que hay de eso son cuarenta años. ¡Y parece que fue ayer! ¡Ah! ¡Y qué pronto nos ponemos viejos!

Esta conversación, según es de imaginarse, desazonaba altamente a la sobresaltada doncella. Cada vez iba siendo mayor la agitación de su seno, cada vez más pálidas sus mejillas. Sus labios una ocasión se entreabrieron cual si fuese a sonreírse o a hablar; pero tal fue el temblor que se apoderó de ellos, que el juez, notándolo, le preguntó:

—¿Se siente usted indispuesta?

—No señor —contestó ella, determinando entonces la sonrisa, para disimular lo violento de su situación.

—¿Está visible el señor don Rafael?

—No, señor.

—Sin embargo, como es tan urgente el negocio que aquí me trae, no me haría usted poco favor en anunciarle...

—Mal puedo anunciarle nada cuando no está él aquí ahora. Así que venga...

—¿Cuál es la gracia de usted?, y perdone la curiosidad —le interrumpió el juez, tratando de darle nuevo giro a la conversación y solapar sus intenciones.

—Celestina, para servir a usted.

—Lindo nombre, por cierto, y no muy común. ¡Celestina!... solo me acuerdo haber conocido una Celestina. Era medio parienta mía. Entró monja por unos amores. Casi se vuelve loca. ¡Vaya una mujer para querer! Y vea usted: por otra parte era muy alegre y divertida. Si estuviéramos más despacio le contaría su historia, para que viera usted una cosa curiosísima. El señor don Rafael la conoció también. Por cierto que entonces anduvo el runrún de que él estaba enamoricado de ella. ¿Sabe usted de quién era grande amiga y contemporánea la mujer de que le hablo?... De doña Seráfica Curbelo, otra mujer también de muchas aventuras, que puede que usted haya oído mentar. Vive aquí más bajo en compañía de dos hermanas mayores, con quienes hace vida devota. ¡Qué Seráfica! Nunca fue buena moza; y además de eso tenía el defecto de pisarse la lengua. Chismosa y enredadora y celosa como ninguna. Al contrario en todo de sus hermanas Agustina y Mónica. ¡Pero si usted hubiera conocido a éstas tres beatas; y a Celestina, mi parienta, cuando eran muchachonas así como usted!... Las llamaban el ponche de leche de las ferias, porque primero faltaba el Sol que faltar ellas en los bailes.

¡Qué sé yo las veces que hemos bailado juntos! Bailando se les pasó la juventud, y quedaron para vestir santos. ¡A cuántas otras no les ha sucedido lo mismo! Pero usted no tendrá que temer otro tanto. No será usted de las que peinen sobrinos; no señor. Esa carita y se cuerpecito, tan... tan... En fin, no morirá usted soltera.

—Caballero —repuso Celeste de improviso, en tono seco y voz fuerte—, si a usted no se le ofrece otra cosa, me permitirá que me retire a mis quehaceres. Cuando venga mi padre...

—Señorita, mire usted que acaban de decirme en la vecindad que no le han visto salir en toda la mañana, y es muy extraño...

—Nada tiene de particular que le hayan dicho eso, por cuanto mi padre salió muy temprano, al ser de día casi...

El juez, fingiendo que se enjugaba el sudor de la cara con un pañuelo, hizo del ojo a su alguacil, el cual, poniéndose en pie a espacio, encaminose al comedor y dijo:

—Con el permiso de usted, señorita, voy a beber un poco de agua. Tengo una sed... Celeste se quedó pálida y fría cual una estatua de mármol, sin fuerza para moverse, ni valor para seguir el corchete, por no dejar solo al juez. Sin embargo, el primero volvió a la sala después de unos cuantos segundos, y éste le preguntó con cierto tonillo de inteligencia seguramente entre ambos:

—¿Ha satisfecho usted su necesidad?

—No, señor —contestó Cordeles haciendo una mueca que trastornó toda su fisonomía—; no le vi el fondo al jarro, porque estaba hondo como un pozo,

Y los pozos me meten miedo desde una ocasión en que por un tris me ahogo en uno de ellos. Todavía siento sed

—En la tinaja hay más agua —saltó y dijo Celeste con candor, que hizo sonreír levemente a los dos hombres, pues conocieron, a no dejar duda, que ella no había comprendido el objeto de la pregunta y respuesta.

—Gracias, niña —añadió el corchete volviendo a enroscarse sobre la silla—. Cuando me entren nuevas ganas de beber agua yo le avisaré.

—En suma —dijo el juez, levantándose y mudando de tono como de aspecto—, usted niega que su padre está aquí, y en la calle me dicen que no ha salido: yo traigo órdenes muy estrechas para reducirlo a prisión, y en esta virtud voy a registrar la casa. Bien sabe Dios cuánto me pesa el paso que voy a dar, porque al fin el señor don Rafael es mi amigo... pero ¿qué quiere usted? Cordeles: vaya por el patio, que yo iré por los cuartos.

De pálido, el bello semblante de Celeste se tornó en carmín tan vivo que parecía que la sangre iba a brotarle por todos los poros. El sentimiento de su dignidad de mujer le volvía la vida y con ella el valor. Adelantándose al juez, y siempre precediendole o diciéndole: «Mire usted, mire usted», con los dedos le indicaba los rincones, abría los escaparates, descorría las colgaduras de las camas, movía las hojas de las puertas y levantaba las tapas de los baúles; hasta que juntos llegaron al tercer cuarto, donde, después de haber registrado la cocina y otros escondrijos interiores, también se les reunió el corchete. Con una mirada preguntole a éste el juez el resultado de sus pesquisas, y él contestó con una mueca y un sacudimiento casi imperceptible de cabeza en sentido negativo.

Celeste, apoyada en uno de los pilares de la cama, y las dos niñas, sentadas en ella a la usanza turca, ya poseídas de admiración y susto, ya de indignación y dolor, atentamente observaban la fisonomía mudable y rara de los dos hombres, y en silencio aguardaban el resultado de sus conferencias.

—¡Qué niñitas tan graciosas! Son hermanas de usted, ¿eh? —exclamó el juez con ánimo, indudablemente, de hacerles una caricia, pues se inclinó sobre la cama. Pero ellas manifestaron de tal modo su repugnancia, que no contentas con retirarse atrás, fuera del alcance de las manos de aquél, Natalia le dijo frunciendo el ceño:

—Quita de aquí, feo; papá ha salido. Yo no se qué buscas en ni cuarto.

—Ellas no están acostumbradas a recibir halagos de otro hombre que de su padre —agregó Celeste, que recordó al punto las palabras de él sobre que no respetarían ni aun su lecho. Y con la mano contuvo al juez.

—¡Qué huraña la de esta gente! —murmuró éste mohíno, en tono de podérsele oír—. La mayor cambia a cada paso de color como los camaleones, las menores no gustan que las celebren, y el padre se esconde de los que les solicitan... Está bien.

La palabra «esconde", a causa del silencio que guardaban todos los personajes allí presentes, y de la mayor fuerza que al pronunciarla le dio el juez, fue entendida no solo por Celeste y sus hermanas, sino también por el padre de éstas, cuya posición bajo de la cama se le iba haciendo por instantes harto insufrible e incómoda. Lo cierto es que al mismo tiempo oyose en el cuarto un rumor sordo como crujido de huesos o suspiro ahogado en las hondas cavidades del pecho, que para determinar el punto de donde partía era preciso estar muy enterado de lo que pasaba, o al menos tener la grande astucia y oído fino del juez y su corchete.

Los ojos de este último brillaron de improviso como dos relámpagos, y de rechazo fueron a iluminar el rostro generalmente frío y serio de su jefe, a quien dirigió una mirada de inteligencia. Sin embargo, a Celeste, en el momento de sentir los síntomas de un trastorno nervioso, ocurriósele levantar en brazos a una de sus hermanas, y hablarle y meter ruido, a fin de que si su padre volvía a moverse y hacía rumor nadie le oyese. Saliole bien la estratagema, porque el juez, habiendo inclinado corto rato la frente en ademán pensativo, luego dijo al alguacil:

—Salgamos. Por hoy el pájaro voló; pero él caerá.

—Apostaría el pescuezo a que no estaba a dos pasos de nosotros —contestó Cordeles, siguiendo de mal talante a su jefe y mirando hacia atrás con el rabo del ojo.

—Demasiado que lo advertí... Sin embargo, debemos respetar lo sagrado. No se escapará por eso; no tenga usted pena.

Celeste, sin deponer a la hermana, se asomó a la puerta del cuarto, y viendo ir a los dos hombres hizo señas a Encarnación para que echara la llave a la puerta de la calle, a tiempo que su padre salió como un muerto de abajo de la cama y se precipitó en sus brazos.

XXII

Los temores de Celeste de ningún modo se disiparon con la partida de los dos ministros de justicia. Recelaba, y con sobra de razón, que aquello no fuese más que un ardid para volver a la hora menos pensada y sorprenderlos a todos descuidados en flagrante. Por más que extendía su consideración la atribulada doncella, no encontraba lugar seguro para la ocultación de su padre a no ser el beaterio de las Curbelo, que estas mujeres al parecer estaban resueltas a negarles; pues tras dos o tres días que iban pasados desde que ella les habló, nada le habían contestado. No era mucho que las beatas estimasen en más la salvación de sus almas que la del honor de don Rafael, porque por una parte no favorecían a éste los escrúpulos del padre Caicedo, y por otra le hacían cruda guerra los resentimientos de la madre Seráfica.

Para colmo de desdichas, don Camilo, que deseaba recomendarse a los ojos de Celeste, manifestando grande interés por la suerte de su padre, contole que el juez estaba por los alrededores para ejecutar con exactitud y presteza las órdenes del tribunal, y que bien tendría que ocultarse don Rafael para escapar al odio y a la astucia de sus bárbaros perseguidores.

Por todas partes se veía asediada esta virtuosa e infeliz familia. A medida que arreciaban los peligros, se cerraban los recursos y se sucedían unas a otras las dificultades. ¿Dónde ir? ¿Dónde esconderse? ¿Con qué vivir en el lugar que escogieran para asilo? ¿A quién acudir para demandar socorro y aun limosna? ¿Con quién tratarse que no los delatara a la justicia? Pues a la cuenta, Celeste, alrededor de su padre, no veía más amigo que don Camilo. Pero sabiendo que éste estaba apasionado por ella, ¿tendría valor para descubrirle sus cuitas, sus recelos y sus perplejidades? El rubor se lo vedaba de todo punto.

Sin embargo, la tarde del día mismo en que estuvieron en su casa los ministros de la justicia, el tendero le presentó un saquito lleno de monedas de oro y plata, diciéndole:

—Celestinita: aquí tiene usted lo único que me ha sido dado salvar de la tienda de su padre. Creo que ustedes lo necesitan, y aunque no lo necesitaren, a ustedes pertenece, y yo me precio de hombre muy honrado para detenerlo más tiempo en mi poder.

La joven, encendida como la grana, se mostró indecisa en aceptar aquel dinero.

—Señorita —agregó don Camilo con seriedad—; repito a usted que esto no es mío, sino de su padre, y por consecuencia, de usted. Cójalo, que no le vendrá mal en el apuro en que deben encontrarse al presente. Al señor don Rafael, por lo menos, no dejará de hacer gran falta ese dinero, si es que quiere ponerse en salvo con facilidad y comodidad.

De oro no más tenía necesidad Celeste para llevar a cabo el plan que meditaba. Así fue que no esperó a otras instancias para apoderarse del saquito, vaciarlo sobre la mesa, separar el oro de la plata, contarlo todo, y exclamar llena de júbilo contemplando los montoncitos de monedas:

—¡Seiscientos pesos! ¡Oh! ¡Qué de dinero! Con éste hay para vivir papá, Natalia, Angelita, Encarnación y yo un año entero en un cuartito cualquiera, separados enteramente del mundo... que luego, cuando se acaben, ya habrán pasado las persecuciones, y entonces podremos volver a nuestra casita, y salir a la calle y buscar costuras y mantenernos con nuestro trabajo... En teniendo dinero, las madres Curbelo no podrán negarnos un cuartito de los varios que tienen vacíos en su casa, porque no les haremos ningún gasto... Pero ¿si lo niegan?... ¡Ay! ¿No sé a dónde iremos a parar? ¡Me da tanto miedo separarme de este barrio!... ¡Ay! ¿Si nos ven y nos prenden yendo para allá fuera?... ¡Allá conocen a todo el mundo: los vecinos son muy curiosos, preguntones, ventaneros... No, no: yo no llevo a papá tan lejos. La casa de las beatas es un convento. Allí no entra nadie: todos la respetan... Esta misma noche nos vamos de aquí...

En efecto: al oscurecer, ya Celeste había reducido a su padre a refugiarse en casa de las madres, y de luego a luego despachó a Natalia y Angelita, con Encarnación por delante, para que, al modo que los ángeles del Señor con las almas de los justos, les abrieran las puertas del cielo de la salvación a todos. No le costó poco trabajo este primer paso porque las niñas, que nada se les alcanzaba de los males de la vida, según es de creerse, se figuraron lo peor, esto es, que la hermana mayor y el padre iban a fugarse, para lo cual las remitían a las beatas. De estas resultas salieron llorando y entraron en el beaterio de las antedichas, con la admiración de ellas, que no sabían el motivo del llanto, ni el de la visita tan intempestiva. Pero, preguntada sobre el caso la negra, contó la verdad; y no habían acabado las buenas mujeres de salir de su estupefacción, cuando se les entraron por las puertas Celeste y don Rafael de bracero: la una cubierta con una manta negra, el otro todo abatido y apesarado, que era su mejor disfraz.

La primera depositó el saco del dinero sobre la peana de uno de los nichos, y corrió a los brazos de la madre Agustina. Lo crítico de su situación, las impresiones que había recibido durante aquella larga jornada, todo había templado su alma, y dio elocuencia a sus palabras, soltura a su lengua, penetrante sonoridad a su voz. Y en poco menos de diez minutos hizo una relación tan sentida y patética de las desgracias de su padre, y de los temores de ella, y de la angustia y tribulación de toda la familia, que visiblemente se enterneció la madre Agustina, se humedecieron los ojos de la Mónica, y puso silencio y admiración a la Seráfica.

—Vea usted —concluyó con estas palabras, hablando paso con la primera—. Vea usted, madre, a qué estado han reducido a papá. ¡Qué demudado y qué triste! El pesar y los golpes le han vuelto a la primera edad. Le he traído hasta aquí sin que supiera a dónde le llevaba. Y va a rematársele el juicio si no encuentra compasión y amparo en usted. ¡Oh, madre! ¡Sálvele la razón, ya que no pueda salvarle la vida! En el estado de abatimiento y casi de imbecilidad en que había caído don Rafael, por resultas de la pérdida de su querida tienda y de las humillaciones que le habían hecho pasar sus perseguidores, hubiera sido una crueldad inaudita de las madres negarle el asilo de su casa, al menos mientras él se tranquilizaba y se proporcionaba otra que brindase mayores seguridades, lejos de la ciudad.

—Hija mía —dijo la madre Agustina con voz ahogada por la conmoción de su espíritu—. Dios me es testigo del dolor que me ha causado la noticia de las desgracias de ustedes, y de que quisiera tener los caudales del rey Salomón para remediarlas. Lo único que puedo darles es un asilo en mi casa y la mitad de mi pan: desde hoy son tuyos, de tu padre y hermanas, como lo han sido siempre. Solo tengo una pena, y es que acaso no cumplo bien con Dios y con los hombres; pero tú me ayudarás con tus oraciones a lavar la culpa en que habré incurrido por ocultar a un hombre que persigue la justicia de la tierra... Ve, lleva a tu padre y a tus hermanas al tercer cuarto, que es bastante espacioso, y acomódales en él y en el siguiente si le hubieres menester. Tú, sí no quieres dormir con ellos, ven al segundo, que es donde duermen la hermana Mónica y Loreto.

Apenas salieron para la posesión que les había señalado, Celeste con su padre de bracero, Encarnación con las niñas de la mano, y Loreto precediéndoles con una luz, cuando la madre Seráfica, que se había derribado en una silla al oír las palabras de la madre Agustina, corriendo con las manos en la cabeza vino hacia ésta, y toda trémula y agitada exclamó:

—¡Jesús! ¡Jesús! ¡Qué es lo que ha hecho nuestra hermana! ¿Parécele que esta nueva culpa se lava con oraciones? Se equivoca. Es grave, gravísima.

—¡Qué le hemos de hacer!... —respondió con aire humilde y resignado la beata.

—¿Cómo qué le hemos de hacer? ¿Nuestro padre confesor no le aconsejó lo que debía hacer?

—¿Quería que echara a la calle a esta familia tan desgraciada y afligida?

—No había necesidad de echarla, no, señor. Yo creo que con hablarles con claridad...

—Con caridad, mejor, hermana.

—Pues siempre la caridad, y daca la caridad. La caridad bien entendida, dice una sentencia antigua, principia por uno mismo. Veremos, veremos si la tienen con nuestra hermana cuando la justicia averigüe qué oculta en su casa un hombre que le pertenece: veremos si hay caridad en el purgatorio cuando la llamen a dar cuenta de sus culpas. Yo lo que siento es que ahora es de noche, y que las apariencias me complican en una causa en que la hermana solamente es la pecadora. Pero vendrá mañana... Entretanto confío en Dios, que ve el fondo de los corazones de todas sus criaturas.

—Yo también confío en él, Seráfica —añadió la madre Agustina en tono lleno de unción cristiana—. Su misericordia es infinita. Ningún pecador que arrepentido llega a su santo trono sale desconsolado. Mi culpa no puede ser tan grave que no encuentre el perdón en el padre de la caridad. Impóngaseme por ella las penitencias que su alto juicio disponga: las penitencias no me arredran... Habré cumplido con mi corazón, que me manda socorrer al indigente, enjugar las lágrimas del que llora, partir mi pan con el que tiene hambre y amparar el afligido.

XXIII

Por fin, la pobre y perseguida familia de don Rafael Pérez, al modo que el resto de una bandada de palomas que en su forzada emigración se hubiese extraviado del camino que seguían sus compañeras, después de mucho afán encontró refugio, cual si dijéramos el hueco de un árbol, en casa de las beatas Curbelo.

Durante los tres o cuatro primeros días de mansión allí, éstas y aquéllas tuvieron poco trato y comunicación. Solamente la madre Agustina no podía prescindir de acercarse, ya cuando por la mañana temprano volvía de misa, ya cuando, hechas sus oraciones de la noche, iba a recogerse, a la puerta interior del cuarto donde moraba don Rafael con sus hijas, y dar dos golpecitos, seguidos de éstas o semejantes evangélicas palabras:

—La paz de Dios sea con ustedes, amigos míos. ¿Qué tal va?

—Buenos todos, a Dios gracias —solía contestarle Celeste, que siempre estaba vigilante e inmediata a aquella puerta.

—El Señor los ilumine y consuele. Buenas noches.

—Gracias, madre Agustina. Que usted descanse.

También la madre Mónica, aunque a distintas horas, acostumbraba hacer las mismas salutaciones que su hermana mayor; pero la menor, es decir, la Seráfica, ya que no pudo determinarse abandonar su casa e irse al convento, según lo había prometido, privose hasta de salir al patio por no pasar por delante de las puertas del cuarto del mercader y saludarle si por acaso éste o su hija mayor se asomaba.

Pero ni la joven infeliz ni su apesarado padre se hallaban en ánimo de ver siquiera la luz del día, cuanto más la cara desencajada y seca de la beata. Si la primera no sentía todo el peso de la desgracia, porque su misma juventud y su ardiente imaginación la traían de continuo por el cielo de las hermosas esperanzas e ilusiones, no acontecía lo mismo con el segundo, que ya anciano, frío, sin ilusiones, calculaba los goces y los males de la vida como se calculan los provechos y las pérdidas de una granjería, y todo, por consecuencia, lo veía por el lado más positivo, triste y desconsolador.

En efecto, su desgracia era de aquellas que, si bien frecuentes en el comercio, siempre dejan una impresión profunda, porque no puede menos que desgarrar el corazón, aun del hombre más desapegado al oro, el pasar, en breves días, de las comodidades de la vida a la pobreza, de las dulces ocupaciones de un oficio al cual nos sentimos aficionados, a la enojosa ociosidad de una existencia que por fuerza hemos de consagrar a la consideración dilatada de los mismos males que causan nuestro martirio y agonía.

Así es que, cuando en medio de su letárgico abatimiento recordaba don Rafael y repasaba rápidamente en la memoria los pasos y las dolorosas pruebas por donde había venido aquel triste término, y cuando luego echaba una mirada sobria sobre cada una de sus hijas que, o velaban con él, o reposaban con el sueño de sus tiernos años de inocencia y candor; oprimíasele el corazón, apretaba los puños, mordíase los labios, y desesperado, delirante, a grandes pasos, de arriba abajo, medía el estrecho recinto de su albergue. ¿Quién iba entonces a ofrecerle consuelo? ¿Cómo sembrar de ilusiones y esperanzas aquella alma desencantada y ya tan esterilizada cual nuestros cuavajales? Su dolor, pues, bien podía decir él con el profeta de los trenos, era tan grande como la mar.

Por otra parte, bien que Celeste no pesase toda la gravedad del mal que había caído sobre ella y su familia, según antes hemos dicho; como con el primero y el mayor peligro había pasado la energía ficticia de su alma, aunque hacía esfuerzos, no encontraba reflexiones, palabras, caricias, con qué sacudir las pesadumbres que oprimían la de su padre. El dominio moral que hasta allí había ejercido sobre él, por consecuencia, cayó por tierra y se redujo a polvo, a nada. La realidad de su desgracia por dondequiera se ofrecía a los ojos de aquel hombre afligido, e inútil era disfrazársela con éste o el otro traje, porque bajo todos la veía siempre sombría y aterradora.

En fin, ya se habían agotado en la mente de la amorosa doncella todos los motivos de conversación, todos los pequeños y casi frívolos recursos de que había echado mano para ver de distraer y consolar a su padre, cuando una noche de apacible Luna se le ocurrió que, sacándolo del cuarto estrecho y cerrado, y llevándolo donde le diere el aire libre, y donde tuviera ocasión de contemplar el espléndido cielo de los trópicos, acaso se lograría lo que no había logrado con su voz y sus caricias.

Pero ¿a dónde ir?, ¿al patio?, ¿a la azotea?, ¿a la calle? A esta última no había que pensarlo, por cuanto casi toda la ciudad conocía a don Rafael, la justicia le buscaba y podía caer en sus manos. Al patio y a la azotea también era difícil, pues tácitamente se lo prohibían las madres: al menos sus costumbres severas, la reclusión absoluta en que vivían, y el apartamiento que habían mantenido con sus refugiadas, indicaban que no aprobarían dejasen ellos su albergue, ni de día ni de noche.

Con todo, habiendo observado Celeste que las beatas se recogían y dormían desde las ocho, y recordando al mismo tiempo el modo como la negrita Loreto hacía sus escapatorias a la azotea, se proporcionó un clavo, salió con mucho tiento del cuarto, abrió el de la escalera donde le sucedió lo que ya recordarán nuestros lectores, quitó en seguida el candado para que el padre no sospechase que aquella puerta se cerraba, tornó donde él quedaba y le propuso la ascensión. Parece ocioso añadir que aceptó la propuesta con la indiferencia que aceptaba el alimento y los cuidados de las personas que le asistían. Y padre e hija, enlazados del brazo como el cuerpo con su sombra, o como Tobías con el ángel que le guiaba, atravesaron el jardín con paso mesurado y cauteloso, se perdieron un momento entre las tinieblas del cuartucho y de la escalera, y al cabo de algunos minutos de la salida de su pobre del solitario albergue aparecieron en la azotea.

La Luna, que principiaba a menguar, desde lo más alto del firmamento derramaba sus limpios y blandos rayos por toda la bóveda de apagadas estrellas y por toda la tierra, eclipsando las luces rojas que brotaban de las ventanas, puertas y claraboyas de la ciudad aún despierta, como brotan las lenguas de fuego al través de los árboles secos destinados a la quema. Pero de nada hubiera servido este bello cuadro sin el refrigerante terral, vientecillo de la noche que, según la frescura y los aromas de que viene cargado, parece salir de las fuentes y de las flores que pueblan campos de la Isla. Aquel purísimo ambiente, aquella clara luz, y aquella magnífica escena del cielo y de la tierra en competencia, conforme se lo había prometido Celeste, distrajeron y aliviaron a su padre cuanto distraerse y aliviarse cabía su mal. Mas ¡ay! en ella, cosa extraña de creer: en ella, que por ser joven y sencilla, y por encontrar en cualquier vegetación un dulce entretenimiento, era de concebirse que le produjeran el mismo efecto, mas no sucedió así.

El primer objeto con que al subir a la azotea se dieron sus ojos fue la ventana alta del cuarto en que vivía Weber, la cual se hallaba cerrada. ¿Qué tendría, qué haría, dónde estaría el que tantas veces se había asomado a ella para examinar la azotea y el patio de las beatas? ¿Estaría enfermo? ¿Se habría mudado?

Y tras estas reflexiones y recuerdos, sucesivamente vinieron a su memoria los de las dos veces que por allí con el dicho joven había hablado; los de los temores que de ser sorprendida por la madre Seráfica le asaltaron entonces; los de su carrera, caída de la escalera y subsiguiente desmayo; los del socorro que aquél le había prestado; en una palabra: los de todos los pormenores y dulces incidentes, de los paseítos por el jardín a la caída de la tarde, y de los billeticos arrojados, recogidos por Loreto, y leídos con sobresalto y presura.

Esta viva representación de la única página dorada que había en el libro de Celeste no pudo menos de preocuparla y apartarla del lado y en cierto modo del amor de su padre, el que, encontrándose solo, repentinamente cayó otra vez en la honda melancolía que le devoraba.

—¡Todo se ha perdido! —exclamó ella luego que tornó en sí y le vio recostado contra el muro de la casa vecina, como hombre a quien agobia el peso de la desdicha—. Papá —añadió acercándosele y moviéndole suavemente por el hombro—. ¿Siente usted sueño?

¿No le encantan esta Luna tan clara, y esta noche tan hermosa y tan fresca? ¿Qué torre es aquella que parece una campana boca abajo? ¿Usted no sabe?

—Creo que es del hospital de Paula, hija —contestó don Rafael con mucho trabajo.

—¿Y aquella cosa muy oscura y redonda que se divisa allá, un poco a la derecha?

—El Castillo de Atarés.

—¿Y aquel charco de agua que brilla como un espejo herido por un rayo de Luna?

—Ése es un pedazo de la bahía.

—¡Ah! ¡Qué cosa tan linda! ¿No es verdad, padre? Y aquesta torre que se ve por la parte de acá, semejante a muchos sombreros chicos y grandes puestos unos encima de otros?

—Ésa debe ser de Santa Catalina.

—¡Qué fea! Pero ¿qué luz es esa que alumbra abajo en el jardín? ¿Estarán despiertas las madres? ¿Los habremos despertado nosotros?

Y para cerciorarse, la joven se acercó con grande cautela al muro de la azotea: mas parece que llegó tarde, porque solo alcanzó a ver un rayo de luz que, semejante a la cola de un cometa, fue introduciéndose por la rendija que dejaban las dos hojas de la puerta del comedor, que sin duda se acababan de abrir y cerrar tras la persona que llevaba la vela.

—Creo que me he equivocado —continuó Celeste volviendo al lado de su padre—. Sin embargo, ya es hora de que bajemos. ¿No ha oído usted las once en el reloj del Espíritu Santo?... Ponga usted mucho cuidado, porque la escalera es mala, y está oscura como boca de lobo. Apóyese en la pared, que yo me agarraré del pasamanos... Bien: así... ¡Eh! Ya estamos abajo... Vaya usted delante... Voy a juntar estas hojas...

Efectivamente: la joven, al descuido, para que no notase don Rafael, esperó a que él se alejara un poco, y en seguida puso el candado y le cerró. Cuando atravesaba el jardín, con el recelo de lo que antes había observado, miró hacia el comedor, y vio un rayo de luz que salía por la entreabierta puerta de la sala, el que, a medida que ella se adelantaba, tomaba una dirección contraria a la suya, cual si se moviera la persona que la tenía. Apresurose a ganar su albergue, y atrancó por dentro con prontitud, aunque sin meter ruido.

XXIV

En la ruina de don Rafael Pérez el que salió mejor librado fue, sin disputa, don Camilo Encinal. La salvación de sus dos mil pesos, que debió a la excesiva generosidad de aquél, junto con el favor y apoyo que le prestó su amigo y paisano el comerciante Rosilloso, le valieron, no solo la colocación de jefe de una tienda más grande, más surtida y más acreditada que la de Pérez, sino también el ser admitido en ella como socio.

En don Camilo se había cumplido en todas sus partes aquel refrán que asegura que no hay mal que por bien no venga. Y de estos juegos de la fortuna se ven a cada paso: unos suben para que otros bajen. La caída de Pérez hizo lugar a la elevación de Encinal: se anubló el porvenir de aquél, para esclarecerse los brillantes colores que ocultaban el de éste. La vida para el primero ya no tenía más que pesares y miserias, al paso que para el segundo todavía encerraba alegrías desconocidas y risueñas esperanzas de riqueza, goce y felicidad. ¡Ved qué contrastes!

De pobre dependiente de un pobre establecimiento de géneros, Encinal de improviso se hallaba levantado a socio y jefe de otro rico, espléndido, concurrido de parroquianos.

¡De humilde mancebo se volvió amo! ¡De mandado estaba mandando! No tocando el oro ni la plata sino de semana a semana, ahora se dormía con el dulce retintín del que caía a sus cajas diariamente. ¡Qué diferencia! ¡Qué cambio tan súbito y halagüeño! ¡Oh! Era esto suficiente para volver al juicio a hombres de menos ambición que don Camilo.

Estaba él, pues, loco de contento. Pero tomó otro aire, otro tono y otra fisonomía: es decir, que disfrazó su rostro con la mascara de la seriedad, cuando la alegría le rebozaba en el pecho. Por consecuencia, con sus mancebos ya procedía en tono como jefe, a como compañero, según se acordaba más o menos del papel que se había propuesto representar de allí adelante. Sin embargo, es fuerza confesar, en honor de la verdad histórica, que estas faltas y equivocaciones no las cometió sino en los primeros días de su nuevo estado. No le faltaba entendimiento y despejo, y bien pronto se posesionó, conforme se dice en el arte dramático, de su papel, y a la segunda semana ya lo representaba con la propiedad y tino de un amo y de un tendero que toda su vida no hubiese hecho otra cosa que mandar y despachar.

Pero, con esto, ¿se había llenado la medida de sus deseos y ambición? De ninguna manera. ¿Qué es lo que faltaba al complemento de la abundancia y goces que le brindaba la fortuna? ¡Ah! Una mujer que le amase y con quien casarse tan pronto como se lo permitiera el estado de sus negocios. Y Celeste, según es de creerse, fue la primera que se ofreció a su imaginación como la única capaz de realizar sus esperanzas de futura felicidad. Sí: Celeste, tan buena, tan honesta, tan hermosa; Celeste, acostumbrada desde niña al trabajo y a las obligaciones de ama de casa; Celeste, en suma, para esposa y para un hombre de las opiniones de Encinal era una joya de inestimable precio y la ocasión presente no podía ser más adecuada para que le manifestase su amor. Don Rafael estaba completamente arruinado: iba a depender en breve de la caridad de los amigos, pues los años y las desgracias habían de tal modo agobiado su cuerpo y su espíritu, que le sería imposible trabajar. Celeste, por mucho que cosiera y se afanara, gracias que ganara un mezquino sustento con qué entretener el hambre de su familia. Difícil se hacía igualmente que una doncella pobre, desconocida como quien dice, arrinconada en un miserable cuartucho, encontrase un hombre honrado y de algunas comodidades que uniera su suerte a la suya.

—Y he aquí el momento oportuno —decía Encinal entre sí— de hacer presentes mis servicios y obsequios a esa muchacha y a su padre. ¿Cómo han de ser rechazados? Imposible. Celestinita ya estará en época de casarse: necesita de un marido que la recoja y la ayude a llevar la carga que le ha caído encima. Don Rafael, que hasta ahora la ha tenido con algunas comodidades, no ha de querer verla noche y día trabajando cual una negra: es natural que desee casarla lo más pronto posible: pido su mano, y no solo no me la negará, sino que intercederá por mí para que ella me corresponda... Bien, muy bien... Por otra parte, Celestinita, que ama tanto a su familia, por no casarse no ha de permitir que perezca de miseria. Tal vez me ande con las retrecherías de costumbre mientras le duren los seiscientos pesos que yo le salvé del naufragio; mas en acabándose, que será pronto, cuando ya esté yo más arreglado, veremos entonces por dónde echa y se escapa... Tendrá que sucumbir al matrimonio mal que le pese, sí, mal que le pese mil ocasiones. Yo he de sitiarla por mar y por tierra, y ella caerá, que las mujeres no son las mejores fortalezas para defender una plaza de un enemigo porfiado, astuto y valiente, sobre todo cuando se las bate en regla.

Henchida la cabeza de nuestro buen hombre de estos risueños proyectos y doradas imaginaciones, se acercó al lugar en que se había refugiado don Rafael con sus hijas, a quienes no veía desde la mañana que precedió a su fuga. Era por la tarde, casi al apagarse la luz del día, hora en que las madres Curbelo tenían por costumbre inmemorial rezar el rosario delante del altarito del primer cuarto. Por lo común, siempre que llamaban a la puerta de la calle, era la madre Seráfica la más pronta a abrir; y no por viveza de genio, humildad de carácter, oficiosidad o cosa tal, no señor, sino porque le gustaba fiscalizarlo todo, ver y hablar con el que entraba o salía, echar su ojeadita a la calle; en una palabra, porque había nacido con tales instintos de portera, que no podía tenerse en la silla en cuanto oía la aldaba. Y la madre Seráfica fue, pues, la que acudió a la puerta cuando Encinal llamó.

—¿Quién es? —preguntó ella, poniendo un ojo en vez de la oreja en el hueco de la llave.

—Gente de paz —contestaron de fuera en voz que fácilmente se conocía que salía de una garganta varonil, y joven por añadidura.

—Pero, ¿qué gente de paz? —replicó la beata, metiendo entonces la punta de la nariz por la rendija de la puerta, que entreabrió un poco. Y notando el buen aspecto, encendido rostro fornidos miembros del recién llegado, mozo aunque no bello, sano y robusto, agregó en un tonillo más blando—: ¿Qué se le ofrece a usted, caballero?

—Señora, así le dé Dios salud; perdóneme la molestia, pero venía a ver a un amigo y su familia que se han mudado habrá algunos seis días en un cuarto de esta casa y...

—Y ¿cómo se nombra ese amigo? Aquí no vivimos más que dos hermanas mías y yo, y algunas criadas nuestras; pues lo que es hombre, ni en efigie pisa nuestra casa ninguno...

—Llámase don Rafael Pérez, padre de tres niñas, de profesión mercader, que quebró ha una semana...

—Ya le he dicho que aquí no vive hombre alguno. Puede que sea a la otra puerta.

—No, señora: aquí me han asegurado que se ha mudado el señor Pérez. ¿No es usted una de las benditas madres conocidas por las Curbelo?

—La misma, para servir al Señor y a usted.

—Pues bien: aquí es la casa. Yo no vengo, señora de mi anima, a perseguir a don Rafael, ni a prenderle: soy, por el contrario, un amigo suyo, que le estima en alto grado. Hágame usted el favor de permitirme la entrada, pues sé que él está aquí dentro y me precisa ahora mismo verle y hablarle de un asunto interesantísimo para ambos.

—Y ¿cuál es la gracia de usted, hermano?

—Camilo Encinal, para servir a Dios, al rey y a usted.

—¡Camilo Encinal!... No, no recuerdo haber oído nunca semejante apellido. Bien. Tenga usted la bondad de esperarse un poco.

Dicho esto, la beata, con gran calma, arrastrando los pies como un ave coja, fue a contar y a consultar el caso con las hermanas. La Agustina al punto, por medio de Loreto, hizo decir a Celeste la persona que buscaba a su padre; y como se le contestó que le permitieran la entrada:

—¿Ven nuestras hermanas —exclamó la Seráfica—, lo que yo decía? Admitimos a don Rafael, y mañana tendremos que admitir a todos sus amigos y conocidos. ¿Qué necesidad teníamos de que estuvieran entrando y saliendo hombres en nuestra casa? ¿Qué no se dirá por ahí? ¿Hasta dónde habrá llegado la noticia de éste escándalo?

¡Quién había de creer que nosotras tendríamos que pasar por el sonrojo de que entraran y salieran hombres por nuestra puerta, como por la de la iglesia en día de jubileo!

¡Para lo que hemos quedado en el mundo, Dios y Señor mío! Y será preciso que pongamos una portera, porque no hay cuerpo humano que sufra el ir y venir comúnmente a la puerta.

—Si lo dice por eso, hermana —repuso la madre Agustina, ya enfadada de las murmuraciones de la Seráfica—; si lo dice por eso, yo iré a abrir: nadie la manda.

—Demasiado sabe nuestra hermana que yo no digo lo que digo porque me duele servir de portera, sino por el qué dirán las gentes, y por el escándalo que de por fuerza se ha de seguir viendo entrar aquí hombres, cuando hasta la fecha no ha entrado más que nuestro padre confesor, y aun ése parece que ha levantado el pie, quizás por lo mismo de que yo me quejo.

Y esto diciendo, se encaminó a la puerta con más presura que de ordinario, por tal de que la madre Agustina no le ganara la delantera.

—Dios la guarde, hermana —dijo don Camilo entrando con aire muy humilde y devoto, pues desde luego conoció el terreno que pisaba y con qué gentes tenía que habérselas—

—¿Tiene usted la bondad, y el Señor se lo pague en bendiciones, de indicarme cuál es la habitación de don Rafael y sus hijas?

—Aquella tercera de la izquierda —respondió la beata, indicándosela con el dedo—. Sus hijas están asomadas, esperando a usted sin duda.

La visita de Encinal a Pérez, o mejor dicho a su hija Celeste, no fue larga, por cuanto las madres cerraban la puerta a las ocho; pero fue patética. El mercader, apenas vio a su antiguo dependiente, recordó todas sus desgracias, se le saltaron las lágrimas, y no pudo más que estrecharle la mano, porque la emoción le cortó la voz, y se retiró al cuarto inmediato, dejándole solo con su hija. Este incidente favoreció mucho las miras de don Camilo. ¡Verse allí, casi a solas con la mujer que amaba, poder hablarle una o dos horas sin que nadie le escuchase ni interrumpiese!.. ¡Oh! Era más de lo que él podía esperar.

Y, en efecto, la conversación acalorada que estas dos últimas personas entablaron luego que Pérez se retiró afligido y lloroso, duró lo que duró la visita de don Camilo, dejando en el alma de Celeste la turbación y el pesar más grandes, al paso que, en la de su apasionado, las esperanzas y los deseos, en vez de disminuirse y apagarse, se aumentaron y encendieron. Repitió él sus visitas durante ocho noches consecutivas, en las cuales se repitieron las mismas escenas de la puerta con la madre Seráfica y las escenas del cuarto con Celeste; hasta que en la última, al pasar don Camilo por el comedor, se encontró con la negra Encarnación, le puso un duro en la mano, y le dijo al oído:

—Mañana al oscurecer te espero en la esquina de Santa Teresa. ¿Asistirás? Te interesa muchísimo.

Juró la negra no faltar a la cita, y don Camilo se marchó a pasos precipitados.

XXV

Tenemos que volver con nuestra narración tres o cuatro días atrás, para atar e igualar a los demás de la trama un hilo roto, que no es posible quede así si hemos de dar fin a la labor. La figura noble y aventajada de Weber ya hace falta en este cuadro triste.

Acordárase el lector que le dejamos en aquel pasaje de su encuentro con la negra Encarnación, cuando ésta fue, de parte de Celeste, a llevar un papelito a don Camilo. El género de sus ocupaciones, su carácter alemán, por decirlo así, y más que todo el desmayo en que había caído su pasión por la sospecha harto fundada de que la joven ya estaba ligada a otro hombre, si le alejaron de ella, no lo ponían a menos distancia de los sucesos comerciales de la plaza, y no era extraño que a su noticia llegado no hubiese ni la quiebra de Pérez, ni el refugio que éste con su hija habían elegido.

Es verdad que Teodoro no dejó por eso de pasar, como de costumbre, por la calle de Compostela; que diferentes veces vio entrar en casa del mercader y salir de ella a don Camilo; que no halló en esos días asomada a los postigos a Celeste; que todo esto le confirmó más y más en sus sospechas; y que al cabo, viendo un papel de alquiler en la puerta, pensó y dijo para sí: —Se ha mudado. ¿Será para casarse?— Pero no pasó de aquí en sus reflexiones.

En tal estado de apatía e indiferencia por la mujer que había encantado no más que breves instantes de su vida, ¿qué le llamaría la atención en el jardín de las madres Curbelo? Sin embargo, una tarde, buscando luz y aire, subió al poyo de la ventana, y naturalmente sus miradas se inclinaron hacia el punto donde tantas veces había visto con delicia aparecer y desaparecer aquella joven hermosa, en la cual creyó encontrar todo lo que ansiaba su corazón tan ardiente como poético. Acertó, decimos, a asomarse en la hora misma que escogían las niñas hermanas de Celeste para dar algunas carreritas por el jardín a escondidas de la vigilante y regañona madre Seráfica; y su presencia allí le causó crueles dudas.

—¿Se habrá, en efecto, casado ella, y separado de su familia? —reflexionó Teodoro—. ¿Por qué veo esas niñas ahí y no la veo a ella? Justos motivos, poderosos, ha tenido sin duda para olvidarme y para que su «agradecimiento no haya sido eterno», según me aseguraba días pasados. Pero acaso esté ella ahí también en este momento, y no salga al jardín por temor de que yo la vea. Sí: razón tiene en ocultarse de mí, me ha engañado, sabe que me ha engañado cruelmente, y era preciso que no tuviese pudor para presentárseme casada... Pero ¿y si no lo está? ¿Si todo esto no es más que un embolismo, y una calumnia que le levanta mi fantasía acalorada? ¡Ah! Yo debo salir de esta mortal incertidumbre ahora mismo. Es necesario que averigüe la verdad, y de su propia boca.

Callose, esperó un poco y alcanzando a ver a la alegre negrita Loreto, que iba para el interior del patio, andando a la coscojita, es decir, ya sobre un pie, ya sobre el otro, llamole la atención con un silbido, y le hizo las señas de que subiera que tenía que hablarle con precisión. La muchacha aquella, que se penaba por llevar y traer recaditos, al momento se figuró para lo que la quería Weber, y sin más ni menos dio tres o cuatro vueltas por el jardín para engañar la vigilancia de sus amas, y a los diez segundos se puso en la azotea, al pie de la ventana alta susodicha.

—¿La niña Celeste está ahí con sus hermanas? —le preguntó Teodoro.

—Sí, señor.

—¿Se ha mudado?

—No, señor.

—¿Y cómo es que su casa tiene papel de alquiler en la puerta?

—Es decir a su merced que no se ha mudado del todo, sino en parte.

—Yo no te entiendo.

—Quiero decir que el señor don Rafael y las niñas tienen la mayor parte de sus trastos en la otra casa, y mientras se compone cierto negocio se han venido a vivir aquí interinamente con las madres.

—Pero ¿cómo, si es cierto que su mansión aquí es interina, según dices tú, le han puesto papel a la casa que antes habitaban, y han dejado dentro la mayor parte de los muebles?

—Yo no sé de eso. Quizás creerán que el negocio no se componga tan pronto.

—¿Y qué negocio es el de que hablas tú? ¿El matrimonio de la niña con aquel hombre cargado de espaldas, colorado y del pelo muy crespo, que la visita de noche?

—No, señor: no es ése el negocio de que yo hablo. Es verdad que un caballero parecido al que su merced dice, todas las noches viene acá y se pone a conversar con la niña Celeste mano a mano, muy bajito y en un rincón, mientras el señor don Rafael en otro, con la cabeza metida entre los hombros, duerme o piensa y los deja a sus anchas. Pero yo no he oído decir que la niña se case. Tal vez se casará, porque todos los amores paran por lo regular en matrimonio: sin embargo, hasta la fecha nada se corre ni se sabe de cierto.

—¿Cuántos días hace que el señor don Rafael se trasladó a esta casa con la familia?

—Creo que ocho o diez días.

—¿Y todas las noches, dices tú, que el hombre del pelo crespo viene a visitar a la niña y se pone a conversar en secreto con ella?

—Todas las noches sin faltar una. Por cierto que tiene unas agarradas con la madre Seráfica que da gusto. Ese hombre sabe mucho. Siempre les trae algún regalito a las madres: ya un santo, ya una novena, ya una cruz, ya un rosario, ya unos escapularios... Pero no hay quien amanse a la madre Seráfica. No le gusta que ese caballero se esté las horas enteras conversando con la niña Celeste. Y es que, apenas llega, allá va corriendo a abrirle y le habla mucho, y le hace muchas fiestas. Mas cuando sale le pone una cara... y le regaña tanto, que el pobre hombre se va aburrido y enojado.

—¿Quieres decirle a la niña Celeste que deseo hablarle en este sitio?

—¡Oh! Yo, sí, señor, con mucho gusto. Pero ¡ay, niño!, me parece que su merced ha llegado tarde, muy tarde.

—¿Crees tú que yo estoy enamorado de la niña y que voy a hablarle de amores?

—Al menos así lo parece.

—Te equivocas, Loreto: las apariencias engañan. No te niego que ella es hermosa y capaz de infundir pasión hasta a las piedras, mas esto no basta para que yo me enamore. Mi interés en hablar con la niña un momento a solas tiene origen más noble; y hazme el favor de manifestárselo así en caso de poner dificultad a venir donde la llamo. Espero de ti, no obstante, que la persuadas y le allanes los obstáculos que puedan presentársele, segura de que mi agradecimiento será a la medida de tus servicios. ¡Eh! Anda, y tráeme su respuesta lo más pronto posible. Aquí mismo te aguardo impaciente.

A Loreto, como a cada cual, le gustaba que le agradecieran los servicios; y si era en dinero, en pañuelos o en cortes de vestido, con tanto más motivo. Así es que la promesa de Weber despertó en ella un interés vivísimo. Sin pérdida de tiempo fue a buscar a Celeste, que ya estaba al lado de don Camilo; la llamó aparte con disimulo, y le comunicó el deseo del mancebo.

—¡Imposible! —saltó al instante la joven asombrada—. ¿Por qué él no viene acá? Pero no —añadió, cual si hablara consigo misma—; no, lo mejor es que el no venga aquí... Aunque mi padre le brindó la casa, ya no estamos en nuestra casa. ¿Cómo ha sabido que yo estaba aquí? —preguntó a la negrita después de una corta pausa.

—Porque vio a las niñas en el jardín esta tarde, y me llamó para preguntarme.

—Siento en el alma que haya averiguado mi paradero.

—¿De veras que su merced lo siente? Yo no lo creía.

—Sí, de veras lo siento, pues en el estado en que me hallo no quisiera que supiese de mí ni la tierra que piso.

—¡Vaya un capricho! Y en resumidas cuentas, ¿su merced, no quiere esta vez dar gusto al niño de la ventana alta? ¿Es posible que sea su merced tan desconocida con el que la socorrió y le mostró tanto cariño! ¡Quién había de creerlo de su merced

—¡Ah, Loreto! Tú no sabes, ni eres capaz de comprender, lo que pasa por mi alma en este instante. Quisiera vivir, y quisiera morirme, perder la razón, desaparecer de la tierra; en fin, no se lo que deseo, ni lo que siento... Pero mi estado es triste, desesperado... ¡Dios te libre que te vieras como me veo.

—Sin embargo, niña, a mí me parece que para todo hay remedio menos para la muerte.

¿Qué dificultad hay para que su merced suba a la azotea, y oiga lo que el niño Teodoro desea decirle, puesto que ya él sabe que su merced se ha mudado a esta casa?

—¿Qué dificultad, dices? Muchísimas. En primer lugar, el temor de que me descubran las madres; en segundo, el que sepa lo de mi padre; y en tercer lugar, que es muy feo que una joven como yo vaya a deshoras de la noche a verse con un hombre por una azotea...

—Pues si ésas son las únicas dificultades que se presentan —interrumpió Loreto con gran viveza—, el negocio está hecho, sí señor, está hecho. Porque en cuanto a la primera dificultad, las madres se acuestan desde las ocho de la noche, y se quedan dormidas como piedra —adelante veremos cuanto en esto mentía—. La segunda dificultad no lo es, porque el señor don Rafael no está para pensar en sí mismo, cuanto más en lo que su merced hace. Ahora, por lo tocante a la tercera dificultad, yo lo que puedo decir a su merced es que, aunque sea feo que una muchacha salga a verse con un hombre a solas, no sería su merced la primera que lo ejecuta, y no solo en las azoteas y las ventanas, sino también por los platanales y por el campo raso. Y mal de muchos, consuelo de todos —quiso decir de tontos—. Además, niña, que yo la acompañaré y que lo que el niño Teodoro me dijo que tenía que hablar con su merced era una cosa muy interesante y muy noble. Su merced sabrá lo que son cosas nobles. Pero... —añadió de pronto sonriendo maliciosamente e indicándole a Celeste don Camilo, que de allí no distante, mohíno por demás, la aguardaba en la silla—. Pero... no es por nada de esto por lo que su merced niega a conceder lo que otra vez le ha concedido: es por otro motivo... Diga su merced que no. Sí, diga que no. Como que yo no nací ayer, ni me mamo el dedo... ¡Ah! Si su merced tuviera ley al caballero de allá arriba, no andaría reparando en si la ven, si lo saben, en si es malo o bueno subir de noche a la azotea...

—¡Loreto! ¡Loreto! —exclamó Celeste acercándosele cuanto podía y estrechando sus manos contra las suyas—. ¡Por el amor de Dios, no vengas a tentarme otra vez!

—Yo no vengo a tentarla, ni a sonsacarla, niña. A la verdad, a mi lo que me da es cólera de que siendo su merced una muchacha tan bonita y tan así, que es capaz de matar a cualquier hombre de una mirada, se esté como embobada al lado de uno que parece que lleva siempre en las espaldas un barril de agua, cuando ay otro bien plantado y bien parecido que pena noche y día por su merced. Esto es lo que me da cólera, repito, niña. Conque se determina su merced a subir o no? ¿Le digo que la espere? Allá está él impaciente por saber...

—¡Haz lo que quieras! —dijo de pronto la joven, agitada. Y cerró los ojos y extendió las manos, cual si apartase de sí una visión tentadora o cual si quisiera arrojarse a un precipicio y temiera medir la inmensidad del peligro que corría.

Y antes de que Celeste pudiera percibirse de lo que había dicho y prometido, ya Loreto había comunicado a Weber la agradable nueva, y estaba de vuelta rezando el rosario con mucha devoción en coro con las madres, como si no hubiera quebrado un plato, según se dice vulgarmente.

XXVI

Vamos a dar la última mano al retrato de la hermana Seráfica, para dejar luego correr la narración libremente hasta su fin, que ya no está distante.

Era la susodicha, la mujer de las más raras manías que ha peinado canas; y la de los más extraños hábitos y caprichos que la ceñido saya y llevado escapularios. Con frecuencia durante el día se quedaba profundamente dormida. Ni]as ocupaciones de la lectura, ni las de la costura, del rezo, de la oración y de la conversación, eran bastantes a sacudir su sueño. Con la más leve ocasión doblaba el cuello, cerraba los ojos, entreabría la boca, y empezaba a roncar como agonizante con el hipo de la muerte. Habíase perdido el número de las veces que guiando el rosario, por indisposición de la madre Agustina, a quien este cargo de derecho pertenecía, le acometió el sueño, se le desprendieron las cuentas de los dedos en el segundo gloria patri, y sus acompañantes se quedaron solos repitiendo el ora pro nobis, con tamaña boca abierta.

Esta propensión al sueño diurno, que nadie combatía, pues era conveniente a la tranquilidad de la casa todo el tiempo que pasase durmiendo una persona tan impertinente como la hermana Seráfica, le ocasionaba largos insomnios de prima noche, que a veces se prolongaban hasta las doce, la una y las tres de la madrugada. Pero no se crea que entonces se entregaba ella al reposo, a la meditación y la oración, nada de eso. Su inacción del día se trocaba en actividad infatigable: faltándole las criaturas cristianas en quienes ejercer su instinto destructor y maligno, cargaba sobre los infieles, con no menos furia y perseverancia. Queremos decir, sobre los mosquitos, mariposillas, arañas y toda la caterva de anímales nocturnos que solo esperan las sombras para salir a sus atrevidas incursiones por paredes, muebles y pavimento de las casas viejas y sobre todo cerradas, donde parece que cada átomo de polvo sirva de cuna y guarda a millones de esos seres.

La única arma de que se valía para sus matanzas la beata cazadora de insectos, no era otra que la luz de un cerillo; aunque hay autores que afirman que también hacía uso de la chancleta, en especial cuando el animalejo podía oponer alguna resistencia a la llama, y defenderse con las alas, los pies, o la ponzoña. Verdadero inquisidor, celebraba ella, noche tras noche, sus autos de fe cual si hubiera consagrado su vida a purgar su mundo de toda suerte de alimañas. Sea de esto lo que fuere, la verdad es que con frecuente ejercicio había llegado a adquirir tal tino en los sentidos del tacto, del olfato, de la vista y del oído, que no se le escapaban los avechuchos más astutos y enemigos de la claridad; y a gran distancia distinguía las cucarachas por su hedor, las mariposas por su vuelo, los alacranes por el rumor áspero de su movimiento, los mosquitos zancudos de los otros por la fuerza o la debilidad de su zumbido, y las arañas por el grueso de los hilos que dejan tras sí.

A tal punto había llegado en esta manía, que pasaron de diez las veces que por cazar los mosquitos que se posaban sobre la frente, narices, manos, pecho de la madre Agustina, la madre Mónica y Loreto, les chamuscó el cabello, las cejas y las ropas; porque no siempre era tan certero su golpe que hiriese solamente las alas del insecto. También es verdad que las paredes se veían por todas partes manchadas de humo; pero fuera de que la vieja no ejercía su tino sino en los animales, según era de antigua la casa, sin las persecuciones y noctivagancias de ella hubiera llegado a ser inhabitable.

Tampoco se crea que la diabólica beata se contentaba con registrar todos los rincones de su morada. Otras veces le daba por abrir las hojas de la ventana, echarse de bruces en el poyo, y meter los ojos por los de la celosía, para aguaitar las gentes que iban o venían por la calle, si se paraban o corrían; para oír si hablaban, tosían, o murmuraban, si lloraba algún niño, si ladraba algún perro, si se quejaba tal enfermo, si este vecino cerró su puerta a ésta y a la otra hora, si entró o salió alguien: en suma, para fiscalizar y notar lo más mínimo que pasaba en la calle y en la vecindad.

Para estos casos tenía buen cuidado de esconder su serillo bajo una horma de azúcar, que sin saber por qué llaman aquí sino, cosa de que la claridad interior no dibujase su figura a los que quería atisbar en el exterior. Fue de ésta, sin embargo, la luz que vio Celeste en el patio la noche que con su padre subió a la azotea. Pero a esto será bueno que digamos que en primer lugar la Seráfica ignoraba que aquéllos estuviesen despiertos, y que persiguiendo una mariposa negra, dicha también bruja, la cual se le escapó por la rendija que a puro vieja y maltrecha dejaban las hojas de la puerta del comedor, descuidada se internó en el jardín; que en segundo lugar nunca Celeste se desengañó de quién había sido la portadora de la vela, pues aunque se asomó al muro de la azotea, como lo hizo con alguna cautela, la madre tuvo ocasión de oír si pasos y huir a la sala precipitadamente, sin poder, no obstante impedir que quedase tras de ella un rayo de luz; y que en tercer y último lugar, aquel suceso la obligó a ser más precavida, dejando el cerillo bajo el celemín todas las veces que en las noches subsecuentes se le antojó asomarse a la puerta del patio.

Una de estas noches, por desgracia de Celeste, fue la en que prometió a Teodoro subir a hablar con él por la azotea. Hacía una hora, poco más o menos, de la partida de don Camilo. Pérez ya reposaba en su lecho, entregado al sueño o a las cavilaciones, cuando a la joven le dio gana de salir a la puerta de su cuarto. Por la parte dentro de la del comedor pasaba en aquella misma sazón la maligna beata tras los infelices insectos, que, por creer que aún era temprano para que intentase una escapatoria su vecina interior, no se cuidó de ocultar su cerillo, se escapó un rayo de luz por la rendija y lo apercibió Celeste.

—¡Todavía están despiertas las madres! —dijo ella para si volviendo a sentarse al pie del alféizar de la puerta de su cuarto, dando diente con diente, y temblándole todo el cuerpo, cual si nevara.

Prosiguiendo la madre en su cacería, recorrió rápidamente un testero de la sala, y entrose luego por los cuartos hasta el segundo en que, como ya dijimos atrás, dormían la madre Mónica y Loreto. Esta última, que sabía la hora de la visita nocturna de la Seráfica, y estaba desvelada pensando en lo que a Celeste había prometido vio venir aquélla, paso ante paso, caminando cual un fantasma con saya ancha, camisa blanca y toca del mismo color, y se estuvo quedo, fingiendo no solo que dormía, sino que roncaba. Contribuía mucho a este engaño un enjambre de mosquitos que se había posado en la frente de la muchacha, a cuyas picadas parecía insensible, según la inmovilidad que guardaba. ¡Qué ocasión tan oportuna para que la cazadora beata ejerciese su oficio! ¡Cuánto ser que destruir! Cuántas maneras de morir no iba a observar.

Conforme acercaba ella la luz al rostro de Loreto, iba siendo más rápido el pestañear de ésta, porque temía, y no sin razón, que le abrasara la frente; pero tan ocupada estaba la Seráfica de su matanza, que nada apercibió; y uno tras otro murieron hasta diez mosquitos al golpe de la llama, dando un salto y un gracioso zumbido, que era la diversión principal de aquellos autos de fe animales. Cansose de chamuscar éstos y a la muchacha, y tornó a la sala, escondió el cerillo en el lugar de costumbre, y fue a situarse en la puerta del comedor, la cual entreabrió no más que lo suficiente para meter la punta de la nariz y un ojo, a tiempo que Celeste, no viendo la luz en la sala, juzgó ya recogidas a las madres, y salió del cuarto con la impaciencia, la agitación y el sobresalto que son de imaginarse en doncella que por la primera vez daba cita a un hombre joven y amable.

También Loreto, conceptuando acostada a la cazadora de insectos, a poco rato, con gran tiento y los pies desnudos, dejó su cama, abrió la puerta del cuarto, que se cerraba con aldaba de garabato y caía al patio, y salió hacia donde la esperaba Celeste, sin dársele mucho cuidado por la madre Mónica, cuyo sueno participaba de su carácter tranquilo y no eran bastante a despertarla cualesquiera ruidos.

—¡Niña! ¡Loreto! —fueron las ahogadas y sucesivas exclamaciones en que prorrumpieron las dos jóvenes al columbrarse y encontrarse, abrazándose al punto estrechamente: la una por poner en actividad su sangre casi paralizada en las venas; la otra por desahogar la alegría de verse en camino derecho de aventuras y escapatorias nocturnas, a que se sentía poderosamente inclinada.

—¿Su merced tiene el clavo ahí? —preguntó la negrita al instante a Celeste. Y esto diciendo le tomó un brazo y marchó con ella en puntillas hacia la puerta del cuartucho de la escalera.

—Sí —contestó la doncella, en un temblor vivísimo de los labios y miembros—: Aquí en el seno me parece que le eché esta tardecita. ¿Qué hora es?

—Yo no sé: en el cuarto donde duermo no se oyen las horas, Pero no puede ser muy tarde.

—Oí un reloj hace poco, me puse a contar las campanadas, de repente me dio una cosa que me aturdió la cabeza, y se me perdió el número... Conté no más que ocho.

—¡Oh! Ya son más de las ocho. Bien, bien pueden ser las diez...

—¿Las diez? Tal vez ya no nos esperan. Es tarde, ¿no es verdad?

—¿Tarde a las diez? ¿Y a qué llama su merced tarde entonces? No diga eso por su vida. A su merced le parece tarde ahora porque no alumbra la Luna. Pero ¿no oye el ruido de las calles?

—Sí, en efecto, oigo como truenos bajo de la tierra.

—Ésos son los carruajes que van y vienen de todas partes. Y cuando andan carruajes por las calles no puede ser muy tarde.

—Tienes razón... Siento un miedo —agregó Celeste apretando el brazo de su conductora—, una frialdad tan grande en los pies y las manos... ¡Ah! ¡Si nos sintieran las madres!... ¡Si papá despertara y me llamara!... ¡Dios mío!... ¡Yo no sé qué sería de mí!

—¡Eh! No piense en eso ahora, niña. Todos duermen ya en esta casa como plomo... Mire que tropieza con el pilar del pasamanos. Agárrese de mí. Pise en las puntas de los pies nada más, porque estos escalones son muy bulleros: suenan como cajones vacíos.

¡Ah! ¿Ve? Ya llegamos arriba y nadie nos ha sentido.

¡Ah! ¡Y cuán ajenas estaban las dos pobres criaturas de que, mientras ellas caminaban temerosas, vacilantes, enlazadas cual dos mellizas, desapercibidas como jóvenes que eran, ocupadas más del paso que iban a dar que de las resultas que podía traerles y de las precauciones que debían tomar; cuán ajenas, repetimos, de que había quien las observara y las siguiera paso a paso con la astucia y la cautela del tigre que atisba el descuido de su presa para lanzarse sobre ella y devorarla!

Efectivamente, la madre Seráfica, que vio salir primero a Celeste de su cuarto, y poco después a Loreto del suyo; que en seguida las vio reunirse, abrazarse y dirigirse en puntillas hacia el cuartucho de la escalera; sospechó al punto el objeto poco más o menos que las movía a dejar su cama en tales horas de la noche. Y como ansiaba un pretexto cualquiera para malquistar a don Rafael Pérez con la madre Agustina, y que ésta lo echara de su casa, agarró la ocasión por los cabellos; y medio sonriendo de júbilo, brillándole los ojos como a los gatos en la oscuridad, arregazose la ancha saya por delante, con la punta de los dedos de la mano derecha, con los de la izquierda se sujetó la toca bajo la barba, y a zancajadas metiose por el jardín en persecución de las descuidadas jovencillas.

XXVII

Estábamos a fines de abril. Según dijo Loreto, la Luna no alumbraba, porque entonces hacía su conjunción; y la noche aunque clara, pues el cielo se mostraba limpio de nubes y el aire diáfano con el brillo de las estrellas, con todo eso, no era tanta la claridad que infundiese confianza y conforte a un espíritu tan tímido como el de Celeste.

Asomó ella, pues, por la oscura puerta de la azotea, lo mismo casi que esa Luna, cuya ausencia sentía tanto, cuando en las turbulentas noches de invierno se abre paso por entre espesas nubes y lanza sobre la tierra aletargada un mar de luz. Al menos tal le pareció a Weber, que con los ojos fijos en aquel punto, ya sin aliento, aguardaba su venida hacía más de dos horas. Su alegría al descubrirla entonces no puede compararse sino con la que experimentaría el mísero náufrago que, próximo a perecer, ve surgir del fondo del océano una vela blanca, precursora del barco que ha de salvarle de la muerte.

—No te separes de mí —dijo la joven a Loreto apenas columbró la consabida ventana, tras cuyas rejas se notaba un bulto blanco.

—¿A su merced no le parece que yo debía quedarme en la puerta de la azotea? —replicó la negrita.

—¿Para qué? ¿Tú no me dijiste que todas las madres se habían acostado y dormían?

—Sí, señorita.

—Luego es excusado que te pongas en acecho. Ven. Tu presencia aquí, a mi lado, cada vez conozco que me va siendo más necesaria, porque siento que por grados me faltan las fuerzas.

—¿Ya empezó su merced con sus cosas? Vamos, anímese. No me separaré de su merced. Sin embargo, mientras conversa con el niño, yo me sentaré a los píes de su merced, porque él tendrá vergüenza de decirle muchas cosas delante de mí... Vaya, niña, por ahí derecho, que yo iré por aquí, arrimadita al muro... ¡Valor! El niño no se la va a comer. ¡Es tan bueno, tan bien plantado, tan... que si yo fuera blanca, lo había de querer de balde hasta la muerte!

Con esto, más animada Celeste, reunió las pocas fuerzas que le quedaban, conteniendo la respiración, temerosa de que con esta se le escaparan aquéllas; adelantose a la ventana con paso en la apariencia firme, apoyose en la pared extendiendo una mano, y dijo, casi sin ver al joven a quien saludaba:

—Buenas noches, Weber.

—¡Ah! ¡Celeste! ¡Vida mía! —exclamó él, creyendo apenas que la tenía allí delante, que podía aspirar su aliento, ver los movimientos acompasados de su seno blanco y redondo cual el del cisne, y sentir, por decirlo así, sobre él y sobre el corazón, la atmósfera abrasadora, casta y perfumada en que ella venía envuelta.

—Dirá usted acaso —prosiguió la doncella, bajando modestamente la cabeza— que yo soy una mujer muy débil, pues que con facilidad he cedido a sus instancias... Pero me pareció...

—No prosiga usted por ahí —le atajó con viveza Teodoro—. Ya sé lo que va usted a decirme: que no la ha traído hasta aquí el amor, sino el agradecimiento. Pero ¡ay! no me lo repita usted. No venga usted tampoco a hacerse reo de una falta que yo ni he soñado que usted haya cometido. Yo no quería más que verla cerca, volver a oír su voz dulce y musical, encantarme con sus encantos, y poderme decir a mí mismo que por segunda vez he sentido la mágica influencia de su belleza pesar sobre todo mi ser... ¡Ah, por piedad! ¡No destruya usted mis ilusiones más quedas con las frías palabras del agradecimiento!

—¿Y cuál otra consideración más honesta, si no más fuerte, pudiera haberme traído?...

—¡Es verdad!... Si no más fuerte... Tiene usted razón... Si no más fuerte; porque necio de mí, había llegado a persuadirme de que un amor tan puro y tan ardientemente expresado como el mío hacia usted, no podría dejar de hallar camino a su corazón.

—Si usted supiera —replicó Celeste con hondo acento— las amarguras y dolores que rodean este corazón, se admiraría de que diese entrada, no digo al amor, a la gratitud.

—¿Y qué otro origen han de tener esos dolores y amarguras de que usted me habla?

¿Qué sabe usted de los males de la vida? ¿No entrar en el mundo y por su puerta más hermosa? Las gracias personales con que el cielo la ha dotado, el amor de su familia, de quien tengo entendido que es usted el ídolo; su edad, que no puede pasar de los diez y seis a los diez y ocho años; ¿todo esto no habrá podido servirle de escudo contra el pesar? ¿Qué es lo que falta, pues, a usted para volver a la dulce paz de su familia? La libertad del corazón.

—¡Ah! En cuanto a eso, el mío es libre, sí, libre, gracias a Dios.

—¿Cómo quiere usted que la crea, Celeste? ¿No están sus palabras en manifiesta contradicción con su conducta? ¿Qué significa esa renuncia que usted parece haber hecho del mundo? ¿Un corazón libre se resigna cual el de usted? ¿Esquiva con tanta facilidad los placeres más sencillos y honestos? A primera vista, el paso que usted acaba de dar en mi favor, no hay duda que la justifica de toda sospecha... Pero ¡ay! el corazón de la mujer es incomprensible, la duda ha echado raíces en mi alma, he recibido crueles desengaños en la vida, y... soy muy desgraciado...

—Sin embargo —continuó después de corto silencio—, aun no han muerto todas mis creencias e ilusiones, pues que conservo la vida; aún las siento bullir en el fondo de mi alma; y que volverían a germinar y florecer con la frescura y vigor de los primeros años, si hubiera una criatura angelical que derramara sobre ella el rocío del amor y la esperanza. Y usted, que es tipo de todo lo bueno y bello que he encontrado en mi trabajoso camino, y que parece destinada por el cielo para realizar en la tierra la dicha que solo se concibe entre los ángeles; usted, Celeste, sea la que vuelva a la vida, a la gloria y a la esperanza un alma próxima a perecer en brazos de la duda.

—No puedo... No debo, Weber...

—¿No puede usted? ¿No debe? ¿Y dice usted que tiene libre su corazón?

—Ahí verá usted. Porque es bien que yo le confiese desde ahora, que por fortuna no es tarde, que no poca parte ha tenido en mi resolución de venir a este sitio el deseo de desengañarle y decirle que mi corazón no puede ni debe amar.

—¡Oh, eso es incomprensible, alma mía! No poder, no deber amar a los diez y seis años, es lo mismo que renunciar a lo único bello, grande, supremo, glorioso, que encierra este miserable mundo. No poder, no deber amar en la primavera de la vida, es una aberración que por dicha todavía no ha presentado la humanidad. No poder, no deber amar en la época en que todo lo que nos rodea y todo lo que sentimos nos arrastra a ello poderosamente, vale tanto como condenarse a un martirio cierto, cruel, que dudo mucho baya corazón que lo soporte largo tiempo.

—No quise decir a usted que yo no amaba —repuso la joven con timidez, atando el hilo de su discurso, roto por la impetuosidad de Teodoro—. Acaso sea mi espíritu, vuelto todo amor, lo único que me sostenga en medio de tantos males como han caído sobre mí.

—Luego se contradecía usted.

—En apariencia.

—¿No me dijo usted al principio que su corazón estaba libre?

—Sí.

—Añadió usted después que no podía ni debía amar...

—Sí.

—Ahora me dice que al amor debe la conservación de su existencia.

—Sí, al amor la debo.

—Pues, entonces, ¿cómo entendemos esto? ¿No advierte usted la contradicción manifiesta en que cae?

—Repito a usted que en la apariencia.

—Bien, sepamos quién es el dichoso mortal que ha merecido una dulce mirada de sus ojos y un tierno suspiro de su corazón.

—¡Ya siente usted celos? —dijo la joven con leve sonrisa.

—¡Celos! —repitió Weber mudando de tono, de semblante y de postura, cual si de improviso le hubiese herido la duda en lo más delicado de su alma—. ¿Celos, señorita? Ha dicho usted mal. A lo que siento en este instante es preciso darle otro nombre. No siente celos el que experimenta un desengaño como yo. Oh, Dios mío! —agregó de pronto, oprimiéndose con la mano derecha el lado del corazón—. Bien me lo anunciaba este fiel intérprete de la desgracia. ¿Cómo era posible que una mujer joven, bella, bien conformada para sentir las pasiones, apenas asomó a los umbrales del mundo no se previniese en favor de algún hombre? ¿Conque habré llegado tarde? ¿Conque ya no hay esperanzas ni ilusiones para mí? ¡Ay! ¡Celeste: mágica realidad de mis ensueños de amor, criatura divina, espíritu encarnado en el cuerpo más hermoso que vieron ojos humanos! ¿Será cierto que tan pronto el amor, un amor acaso vulgar, haya deslustrado las virginales de su corazón? Sí, un amor vulgar, porque si fuese puro, verdadero, ardiente, como yo concibo que debe ser el primer amor de una doncella, el dolor no le hubiera tocado con su helado soplo, ni usted manifestara las vacilaciones que manifiesta. El amor que baja del cielo, que la mano de Dios prende en nuestras almas, no puede permanecer oculto, cerrado: o alumbra o muere. Celeste, vida de mi vida, yo no creo que usted ame a otro hombre. Su corazón está libre, ¿no es verdad? Sí, repítalo usted, aunque me engañe. ¡Suena tan dulce y armoniosa su voz cuando lo dice!...

¿Puede darse martirio mayor que llegar a la fuente y encontrarla seca quien se moría de sed? Porque usted es para mí la fuente de la vida, de la felicidad, de la gloria; y yo me abraso de amor, que es sed no menos devoradora, sed del corazón que no se apaga sino con la vida. ¡Ah! Usted no ama; usted no ha amado todavía; es imposible... Pero —añadió con amargo acento—, si es verdad, si por mi mal he llegado tarde, si al fin todo esto no ha de ser más que un sueño, cuya realidad me mataría no quiero saberlo: por piedad, ocúltemelo usted...

—¡Weber, Weber! —exclamó Celeste, conmovida y abrasado el pecho por el fuego que le comunicaban las palabras de su enamorado—. Lo único que puedo decir a usted es que... el deber me prohibe amarle...

—Pero ¿por qué?

—Tampoco debo decirlo.

—¿Deberes, Celeste? ¿Deberes en edad tan temprana? Yo no comprendo otros deberes que los de la modestia y honestidad. Si de éstos me habla, ¿no han amado todas las mujeres? ¿No han confesado alguna vez su amor?

—Son otros, Weber; otros cuya revelación me costaría mucho. Le suplico que no me exija se lo descubra. ¡Ah! Si usted supiera todo el sacrificio que hago en venir hasta aquí; si usted penetrase todos los tormentos que esta conversación causa en mi alma; si usted comprendiese una mínima parte de mi desgracia y de mi vida; puede que me hiciera más justicia, y, en vez de pedirme una cosa casi imposible, me compadeciera... La única pasión que hasta ahora ha podido tener cabida en mi alma es tan santa, tan vehemente... Y es por otra parte tan digna de ella la persona que la inspira, que...

—¡Niña, niña! —dijo en aquella sazón Loreto, agarrándose del vestido de Celeste y enderezándose poco a poco hasta ponerse a la altura de ella y ocultarse con su cuerpo. Niña, me parece haber visto una cosa mala, un fantasma que asomaba su cabeza blanca por la puerta de la azotea. Mire, mire, niña: ya volvió a sacarla. Ya se fue. ¡Ah! ¡La Virgen Santísima nos ampare! ¿Cómo bajamos ahora?

—¿Qué dice? —preguntó Weber.

—Nada —contestó Celeste—. Esta negrita, que es muy medrosa y ve visiones, Cree en cosas malas y duendes.

—No, niña, no es mentira lo que yo acabo de ver. Es un fantasma con la cabeza blanca.

—Vamos a la puerta; veamos ese fantasma —añadió la joven con un valor desconocido, caminando hacia donde Loreto dijo que había visto asomar una cabeza.

Pero apenas se acercaron unos cinco pasos, agarradas una a la otra, Loreto temblando y Celeste no muy asegurada, cuando oyeron un gran ruido, como si un cuerpo pesado hubiera rodado escalera abajo, dando botes y golpes contra los escalones y las paredes.

—¡Cielo santo! ¿Qué será esto? —exclamó la joven precipitándose a la puerta, por la cual penetró sin poderse contener, arrastrando tras sí a la espantada negrita.

XXVIII

Cuando se determinó Celeste a acercarse a la puerta de la azotea, fue porque de pronto le ocurrió que la visión que tanto había asustado a Loreto muy bien podía ser una de las madres, que, habiendo notado la ausencia de ellas en los dormitorios, hubiese seguido sus pasos. Así, al bajar, lo dijo a su compañera; pero ésta, que tenía más motivos que ella para sospechar lo mismo y aun para temer más, de dos en dos descendió los escalones, y descubriendo al píe de la escalera un bulto blanco, atravesado y yacente, saltó por encima de él con no vista ligereza, y se puso fuera de la puerta del cuartucho, metiose en el suyo, arrebujose en las sábanas hasta las narices, y comenzó a roncar cual si durmiera profundamente, dejando a su infeliz cómplice que se salvara como Dios le diera a entender.

Mas Celeste, la turbada y afligida Celeste, a la mitad de la escalera detúvose un segundo para tomar aliento y ver de discurrir un medio cómo salir de aquel grande aprieto en que su desgracia la había metido; pues nada menos se imaginó sino que las madres, su padre, la casa toda se había despertado, y allí en la puerta del cuartucho la esperaban para reprenderle su acción y llenarla de baldones.

—¡Qué será de mí! ¡Qué será de mí, Virgen Santísima! —repetía llevándose entrambas manos a la cabeza, y levantando los ojos, cuajados de lágrimas, al cielo.

Y continuó bajando. Cada escalón que descendía era un nuevo puñal que se le clavaba en el pecho, una nueva vuelta que el dogal del dolor daba a su cuello. Aquella escala era la del infierno, la de un abismo insondable. Poco a poco sentía que le faltaba el calor vital, que la cabeza se le iba, y que, en fin, se movía no por su propio poder, sino por una fuerza extraña, irresistible, que la empujaba y le abrasaba las espaldas con un hierro candente. Admirábase cuanto admirarse podía de no oír nada, de que hubiese alrededor de ella un silencio tan profundo y espantoso. ¿Qué había de oír la infeliz si el primero de los sentidos que perdió fue el del oído? Y los hubiera perdido todos, y rodado hasta el fondo de la escalera, si ya a su pie no tropieza con el cuerpo yacente que de un brinco salvó Loreto.

—¡Ah! ¿Qué es esto? —gritó asombrada—. Y la sangre, por una especie de reacción, volvió a circular por las venas, llevando el calor y la vida a todas las partes de su cuerpo, casi helado.

Las puertas del cuartucho en aquella ocasión estaban abiertas de par en par. Aunque no había Luna, las estrellas de que se veían poblados los cielos, mandaban suficiente claridad para esclarecer el espacio que mediaba entre el pie de la escalera y el umbral. Sin embargo, como el cuerpo colgaba enredado por los pies al pilar del pasamanos, y como tenía doblada la cabeza bajo el brazo izquierdo; ni la escasa luz de que hablamos le daba más que hasta la mitad, ni a Celeste a primera vista le era fácil discurrir de quién fuese. Mas apenas se hubo inclinado un poco sobre él, por las ropas y la forma lo reconoció, y volvió a exclamar:

—¡Santos cielos! ¡La madre Seráfica! Se ha matado, desnucado... Y yo tengo la culpa. ¡Oh! Lo que me sucede a mí no le sucede a nadie de este mundo. ¡Dios mío! ¿Por qué no me quitas la vida?

Efectivamente, el cuerpo que yacía allí, tan maltrecho desde los pies a la cabeza, pertenecía a la madre Seráfica. Aquella armazón de huesos y aquellas autorizantes ropas no podían ser de otra que de ella. Su curiosidad y su malignidad habían encontrado, aunque atroz, un castigo merecido. Persiguiendo, pues, a Celeste y a su compañera, según asentamos anteriormente, no paró hasta la puerta de la azotea. El deseo de oír la conversación le los jóvenes, y aun de cerciorarse quién el mancebo fuese, la violentó a cometer la imprudencia de sacar fuera la cabeza en cuya coyuntura fue descubierta por Loreto, y el movimiento de esta se lo confirmó a no dejar duda. Por eso, y porque le diera tiempo de avisar a la madre Agustina lo que pasaba para que las sorprendieran en flagrante, echó a huir la madre Seráfica. Mas, por su mal y su torpeza, pisose el ruedo de la saya, enredáronsele los pies, y sin poderse valer de manos, ni de uñas, cayó y rodó, como se sabe, desde lo más alto de la escalera. La caída era mortal. Aparte de que aquella tenía veinticinco pies de elevación, la beata descendió cabeza abajo y dando botes y vueltas de campana.

¿Qué hacer en tal conflicto? ¿Qué determinación tomar en presencia de aquel cuerpo inanimado y con todo el aspecto de un cadáver? ¿Correría Celeste a encerrarse en su habitación, como lo había hecho cruel y egoístamente Loreto, supuesto que las otras madres, en la apariencia, nada habían escuchado? ¡Oh! No. Corrió, es cierto, pero fue para llamar a la puerta de la madre Agustina. La precipitación con que lo hizo, el temblor de su voz blanda y musical, acabaron de alarmar a la beata, que desconociéndola preguntó:

—¿Qué ha sucedido?

—Salga usted pronto, madre —repitió la joven entre sollozos y suspiros—. La madre

Seráfica se ha caído y estropeado toda.

Y antes que la madre Agustina tuviera tiempo de abrir, siguió al cuarto de su padre y le hizo poner en pie, y juntamente a Encarnación. Las demás criadas de la casa, entre las cuales se veía a Loreto restregándose los ojos, cual si sacudiera el sueño, también se despertaron, y una tras otra salieron al patio. ¡Ya estaban en él la madre Agustina y Mónica, sin saber hacia qué punto dirigirse, cuando se presentó Celeste, seguida de don Rafael, con una vela en la mano, y les dijo:

—¡Aquí, aquí! ¡Corran, que se muere!

Apresuraron, pues, el paso, y apenas llegaron y se agolparon la puerta del cuartucho y cayó la luz sobre el inerte y ensangrentado cuerpo de la madre Seráfica, prorrumpieron todas en in gran grito de espanto. Celeste, que hasta entonces no había podido verle bien, se tapó la cara con la mano izquierda, con el brazo derecho rodeó el cuello de don Rafael, y dijo en acento profundamente conmovido:

—¡Oh, padre mío! ¡Por mi culpa se ha matado!

Pero eran tales las alharacas, exclamaciones y voces de las madres y criadas, y tal la turbación que se apoderó del mercader que no atendió a las palabras de su hija, sino que, separándola de sí y entregándosela a una criada para que la sostuviera en sus brazos, acudió a levantar la yacente.

Estaba sin conocimiento y casi sin calor, con la cabeza, hombro y brazo izquierdo empapados en sangre y sus facciones contraídas y las ropas desgarradas, particularmente la toca y la saya.

—¡Los óleos! —exclamó la madre Mónica—. Corre, Andrea, por los óleos. ¡Que siquiera alcance los óleos, la pobrecita!

Y esta Andrea, bueno es que lo sepa el lector, era una pobre negra, más vieja que las madres Curbelo, pues, según ella misma aseguraba, era ya mujer hecha y derecha cuando la tormenta de San Agustín, suceso que le servía para contar su edad y la de sus amas. También será bueno que digamos que la parroquia más cercana al barrio en que vivía era la del Espíritu Santo; y se convendrá en que, conforme a una frase nuestra irónica y familiar, no podía haberse elegido persona más a propósito para ir por la extremaunción.

Entretanto ella iba y volvía, despachó don Rafael a su esclava Encarnación por un cirujano, que parecía el único auxilio que por lo pronto reclamaba el estado de la herida; y entretanto el tal llegaba se transportó a ésta a la sala y se la colocó en una cama. Allí fueron inútiles todos los esfuerzos que hicieron para restañarle la sangre, que hilo a hilo salía de la cabeza, inundando sábanas, almohadas y ropas viejas. Por fin, al cabo de una media hora llegó el cirujano, y dos después la extremaunción. Mientras el primero operaba, sirviéndole de ayudantes don Rafael Pérez y algunas de las criadas, la madre Agustina se mantuvo de pie firme, con la cabeza inclinada, los brazos cruzados sobre el pecho y una luz en la mano derecha, silenciosa y grave, como simbolizando a la Caridad. Al contrario la madre Mónica. En la persuasión de que su hermana había muerto, salió de aquel lugar manchado de sangre, y cayó de rodillas ante los pies de la Madre del Salvador del mundo, encomendándole con fervientes oraciones, sollozos y lágrimas, el alma de la desventurada, cuya curiosidad, más que otra cosa, precipitó de la escalera abajo. Celeste, que se juzgaba la causa original de aquella catástrofe, estaba inconsolable y desolada. Acercose a un rincón, se echó en una silla, reclinó la frente en la pared, y lloró sollozó al extremo de inspirar lástima y aun temor por su vida.

Séase por esto, o porque fue preciso, su padre entonces mandole que fuese al cuarto y trajera lienzos para vendas. Levantose ella y siguiola Encarnación con una vela, a la luz de la cual, atolondrada, confundida, revolvió todas las gavetas de la cómoda, acaso sin acordarse de lo que buscaba, hasta que dio con un baúl pequeño, negro, cuadrado, que contenía, entre otras cosas, algunas camisas viejas y medias del mercader. Sacó dos de éstas, ya deshechas; volvió a la sala y las entregó a su padre, dejando abierto, sin duda por un descuido disculpable, el mueble que las encerraba.

Luego que la esclava se vio sola y con el baulito delante, levantó con sutileza las camisas y extrajo del fondo varios paquetes de papeles atados con cintas y cordones de diferente color. Uno que había, doblado en forma de carta y sellado tres veces con lacre rojo, después de examinarlo por todas partes lo escondió en su seno; y volviendo a colocar cada cosa tal como su señorita las había dejado, fue a reunirse con las demás criadas, que, llenas más de horror que de sentimiento, no habían un punto desamparado a la paciente. Cualquiera que entonces hubiese observado atentamente a la esclava de Pérez, no habría podido menos de advertir cierta rigidez en los músculos de su cara, cierto extravío en sus miradas, y sobre todo cierta inquietud en sus movimientos y ademanes, que indicaban que acababa de cometer un delito, y que era acaso el primero con que ponía en potro su asustadiza aunque nada ilustrada conciencia. Pero la atención de las personas, así de casa como extrañas, que se hallaban allí entonces, estaba harto ocupada de un asunto muy serio para reparar en cosas que a las veces escapan y hasta equivocan los más prendados observadores

Durante todo el día que siguió a la noche fatal, la paciente no dio esperanza de vida; al oscurecer comenzó a recobrar sus sentidos, y continuó, no obstante, grandemente abatida y casi insensible. Celeste, ya por sus propios ojos, ya consultando el semblante de las personas que salían del cuarto de la enferma, se informaba, paso a paso y de momento en momento, de su estado. La idea de que por culpa suya aquella mujer se había expuesto a matarse, era un torcedor que no le dejaba sosegar un instante. Cien veces estuvo a punto de descubrir a su padre el origen probable del suceso extraordinario que todos lamentaban y que nadie acertaba a descifrar; y siempre la contuvo la consideración de que nada remediaría con confesarlo, y, sobre todo, de que Pérez, afectado como estaba, no podría ofrecerle a la sazón ningún consuelo.

Antes de que llegase la hora en que don Camilo Encinal acostumbraba a visitar a Celeste, en la tardecita del mismo día que vamos hablando, Encarnación, con achaque de no sabemos qué recado de las madres a las vecinas monjas, salió del beaterio, y en vez de ir al torno del convento tomó por la derecha calle abajo, en dirección de la de Mercaderes.

XXIX

A primer golpe parecerá extraño a los ya amigos de Weber la conducta de éste, que desde su elevada ventana, la noche de su entrevista con Celeste, impasible presenció la escena de lástima y aflicción que ocasionó la caída mortal de la Seráfica. Pero antes de que se acuse su alma de una generosidad, por decirlo así, acomodaticia, es necesario que pongamos en conocimiento del lector el estado de su ánimo entonces.

Sabido el tenor de la conversación que él tuvo con Celeste, y meditadas las últimas ambiguas palabras de ésta, interrumpidas inopinadamente por los aspavientos de la asustadiza Loreto, fácil es de deducir que sembraron la duda y la cólera en su altivo corazón, tan propenso a la desconfianza. ¿Quién era aquella persona digna de la santa pasión de Celeste? ¿Quién otra podía ser que la que la visitaba de noche, esto es, don Camilo Encinal?

Juró, pues, averiguar este secreto a todo trance, romper de una vez para siempre con Celeste si por desgracia resultaban ciertas sus sospechas, y salir de aquella terrible incertidumbre y de aquella gran confusión en que sin quererlo y sin saber por qué se había metido. Y mientras juraba y se lamentaba de su fortuna y de los engaños y crueles chascos que había recogido en su triste camino, sucedía la escena de la caída de la beata, el transporte de su cuerpo en brazos de don Rafael y las criadas a la sala, y lo demás que hemos referido largamente en el capítulo anterior. Por otra parte, era tarde de la noche, la casa en que vivía ya la habían cerrado, y en fin, aunque el acto de transportar a un individuo que ha dado una caída indique que ésta ha tenido graves resultas, como conocía la debilidad y vejez de la madre Seráfica, juzgó que sería más bien susto que otra cosa su desmayo.

Persuadido de que era inútil ya toda averiguación por vía recta, pues que Celeste parecía dispuesta a guardar un misterio y una reserva incomprensibles y tenaces, recurrió a las vías tortuosas del engaño y la astucia. Necesario se hacía que si ella amaba a Encinal mantuviese alguna correspondencia escrita con él, o cuando no, que durante el largo día que pasaban separados, el uno al otro se comunicasen por medio de un tercero, que nunca falta, cualquier noticia, queja o ruego. Y la estrella de la desgracia o de la fortuna (todavía no nos atrevemos a calificarla) de Weber le condujo a paraje donde sus dudas comenzaron a disiparse.

Al finalizar el anterior capítulo dijimos que la negra Encarnación, habiendo salido a la calle por encargo de las madres Curbelo, en vez de dirigirse al convento de Santa Teresa, que era donde la mandaban, tomó a la derecha la vuelta de la calle de Mercaderes. A Teodoro, que también salía de su casa en aquella coyuntura, llamáronle la atención la rapidez de su paso, su aire cauteloso y el rumbo hacia el cual se encaminaba. Siguiola y alcanzola.

—¿A dónde vas? —le preguntó deteniéndola por un brazo.

—¡Yo! ¿Qué me decía su merced? —respondió la negra toda turbada.

—Sí, tú: ¿qué haces por aquí?

—Voy a un mandado de las madres Curbelo.

—Mientes. Te conozco en los ojos que acabas de decirme una mentira. Tú vas a la tienda.

—¡Yo! ¿Quién se lo ha dicho a su merced? —contestó la esclava, cuya turbación iba en aumento, y cuyo color negro se trocaba en cenizoso, porque por casualidad Weber había acertado sus intenciones.

—A ver la carta —continuó éste en tono imperioso—. ¿Qué llevas ahí para el tendero?

—Yo no llevo carta ninguna, niño.

Y esto diciendo se oprimía el vestido sobre el seno con la mano, cual si temiera que le hiciesen violencia, y hacía esfuerzos por desasirse de la mano de Teodoro.

—¿Por qué quieres huir y te aprietas el vestido si es que lo llevas carta ninguna? Vamos, no seas boba: sácala y enséñamela. Yo no trato más que de verla por el sobre.

—Niño, déjeme su merced ir, que me están esperando en casa y luego me regañan si me tardo. Por todas estas —y con los diez dedos de las manos hizo cinco cruces— le juro, mi amito, que lo que le digo es la verdad. Voy a la botica de la calle Mercaderes a comprar unas medicinas para la madre Seráfica, que anoche se cayó de la azotea y se rompió la cabeza. Todavía está privada.

—A mí no me engañas tú, pillastrona. Tienes más cara de mentirosa que de bonita. Enseña el papel bien a bien y te daré dinero: un peso, dos pesos... lo que pidas. Mi deseo se reduce a ver la letra del papel por fuera.

—Pero, niño, si no tengo ningún papel, ¿cómo quiere que se lo enseñe? Por el amor de Dios, mire su merced que yo no le digo mentira, sino la verdad, la verdad purita. Yo no voy a la tienda de don Camilo: yo voy a la botica. ¿Quiere su merced que me arrodille y le jure por todos los Santos?...

—Ahora menos te lo creo. El mismo delito te vende. Sabes ser fiel a los que confían de ti, no se puede negar; pero mira dónde ocultas el papel, a dónde vas y a dónde te ocultas tú, porque he de perseguirte hasta el fin del mundo. Vete.

Efectivamente, la negra echó a andar de nuevo con más precipitación que al principio, dobló una porción de esquinas, entró y salió de infinitas tabernas; mas viendo siempre detrás de ella al joven, juzgose perdida sin remedio, redobló el paso, sacose del seno el papel de los tres sellos rojos que en él se había guardo la noche antes, y al pasar por la reja del sumidero de una cloaca lo dejó caer dentro. Aunque esta acción fue ejecutada con el mayor disimulo, y aunque Teodoro venía algo atrasado, no se escapó a sus ojos de lince. Por dicha suya, aún no era hora de que corriesen las aguas con que de parte noche limpian las cloacas de la ciudad, y el papel, carta o paquete mencionado, se clavó de canto en el cieno del fondo; por lo cual no tuvo necesidad más que de meter por un doblez la punta de su bastón para extraerlo casi intacto. Pero esto no lo hizo sino después que la negra dobló la esquina inmediata y ambos se perdieron de vista.

Conociendo ella, al cabo de mucho correr, que había cesado la persecución del joven Weber, enderezó sus pasos hacia la tienda de don Camilo.

—¡Cuánto has tardado! —le dijo éste apenas la percibió, saliendo a recibirla por una puerta traviesa—. ¿Qué hay?

—Mi amo —contestó la esclava en un estado tal de agitación y cansancio que casi no podía echar la voz—; su merced no sabe lo que me ha pasado. —Contole aquí muy extenso la conversación y persecución de Teodoro, y prosiguió—: Yo no sé quién le dijo al niño eso que le traía a su merced el papel; yo no sé. Parece cosa de brujería. Viéndome apurada, no tuve otro arbitrio que botarlo en una cloaca.

—¡Lo botaste! —exclamó el tendero poniéndose las manos en la cabeza—. ¿Qué has hecho, negra de Barrabás? Mira: en vez de la paga que te ofrecí en dinero, merecías que te abriera la cabeza con una vara de medir, por torpe y... Pero yo no creo que tú hayas arrojado el papel a la cloaca. Ése es un cuento que has inventado ahora para que te pague. Porque ¿quién iba a decir a Weber que tú me traías nada? ¿Él es adivino o profeta? Tú mientes: tú no encontraste el papel que te encargué me trajeras.

—Señor don Camilo: por todas esas cruces le digo a su merced que es verdad lo que le digo. Yo no me meto en si el niño Güeba es brujo o no; pero de que el papel ese lo saqué yo anoche del baulito prieto, no le quede a su merced la menor duda. Estaba con otros papeles largos amarrados con una cinta negra: tenía tres obleas coloradas, duras como piedras, una en el medio y dos a los lados; además un letrero largo arriba y otro más chico abajo, y era del tamaño de mi mano sin la punta de los dedos. Tuve que metérmelo atravesado en el seno, porque el canto salía un poquito, y podían vérmelo.

—Esas señas es cierto que convienen con las del papel que te encargué me trajeras; con todo, no estoy convencido ni seguro. Vamos a ver si está en el paraje que dices lo arrojaste.

Vistiose el tendero una ligera chupa de dril blanco, cubriose la cabeza con una cachucha de paja, y guiándole la negra fueron ambos hacía el sumidero en que esta última se acordaba haber dejado caer el misterioso papel. El rumor del agua que en aquel momento se precipitaba por la estrecha cloaca indicó a don Camilo que era excusada toda pesquisa; pues, aunque hubiese contenido plomo, siempre la fuerza de la corriente le hubiera arrastrado lejos de la reja.

—Sin embargo —continuó el tendero tras breve rato de meditación—, tú no mereces la paga que te ofrecí, por cuanto no has cumplido exactamente con mi encargo.

—Señor don Camilo —repuso la criada en tono de amarga reconvención—; ¿su merced no me dijo que ese papel le causaba mucho perjuicio y que no le quería más que para romperlo? Si yo lo he botado a la cloaca, y el agua se lo ha llevado a la mar y lo ha deshecho, ¿no es lo mismo?

—No, señor; no es lo mismo, muchacha. Porque yo de ninguna manera estoy seguro que tú lo arrojaste aquí.

—¿Conque yo me expuse a que me vieran mis amos y me castigaran para que ahora su merced me diga eso?

—¿Y qué quieres? Venga el papel y te daré dinero.

—Pídaselo su merced a la cloaca.

—Búscalo tú.

—En resumidas cuentas, ¿su merced no me paga?

—No: nada te pago, porque nada te debo. Cumple tú y cumpliré yo al momento, duplicando la cantidad que te ofrecí ayer tarde.

—Su merced no tiene la culpa —dijo al fin Encarnación, llena de cólera—, sino yo, que mentecata creí en las promesas de su merced. Pero a bien que todo se paga, y que nada se queda a deber en este mundo. Dios es grande y nos está mirando por fuera y por dentro desde allá arriba.

Dicho lo cual, el tendero se apresuró a volver a su establecimiento, y la criada a su casa: aquél revolviendo descabellados planes en su cabeza, y ésta mohína y próxima a caer en desesperación.

XXX

El día después de las escenas que dejamos referidas en el precedente capítulo, el horizonte del beaterio de las Curbelo, anublado por primera vez, empezó desde temprano a despejarse. Había recobrado del todo sus sentidos la madre Seráfica; y el médico que la asistía y el padre Caicedo, que a pesar de su mejoría tomó la confesión, aseguraron que antes de quince días ya estaría fuera de todo peligro y aun enteramente buena. Esto reanimó el abatido ánimo de las otras madres, que hasta entonces no supieron todo lo que amaban a su hermana, no obstante las impertinencias y mal carácter que le achacaban generalmente. Celeste, asimismo, para empezar a recuperar su antigua calma y humor alegre, perdidos hacía tanto tiempo, no solo tenía este motivo, sino también el no menos poderoso de la conformidad y resignación a que parecía irse acomodando el espíritu de su padre.

Sin embargo, hacia la hora meridiana del día de que vamos hablando, la pobre joven, que asustada y prendida con esmero acababa de hacer una visita a la enferma, y contaba a su padre, y contenta, lo bien que le había recibido y los buenos consejos que le había dado, fue de pronto interrumpida por la negra Encarnación, que de la sala vino diciendo preguntaban en la puerta por el amo. Corrió ella a ver quién era. El desconocido tenía la facha, poco más o menos, de uno de los dos hombres que días anteriores habían estado en su casa a prender a su padre. A la pregunta de si éste se hallaba allí, por supuesto que contestó negativamente. Pero el alguacil, pues en efecto lo era, dijo que, a reserva de no encontrar a Pérez en su morada, traía una copia de la orden que estaba encargado de notificarle, y se la dio a Celeste para que la entregase a aquél, tan luego como tornase.

—¿Qué será esto? ¿Qué nueva desgracia nos prepara la suerte? —dijo entre sí la doncella, sobresaltada y sin atreverse a desplegar y leer el papel que acababan de darle. Con todo, reflexionando que acaso convendría reservarlo de su padre, hizo un esfuerzo sobre sí misma, y leyó lo que sus ojos no hubieran querido leer en su vida. La orden decía así: «Cítese a don Rafael Pérez para que, por sí o su apoderado, comparezca ante nuestro tribunal, y responda a la demanda que le ha puesto don Camilo Encinal sobre el desalojo de una casa de su propiedad que le detiene y obstruye con parte de sus muebles, apercibido de lo que hubiere lugar.»

Quedó con su lectura más confusa y aturdida la joven, porque le parecía una burla que Encinal reclamara una casa que firmemente había creído siempre de la propiedad de su padre. Y bajo este concepto fue como ella se decidió a darle cuenta de lo que pasaba. Mas, apenas se enteró el buen mercader del contenido de aquella orden infernal, apresuradamente dijo:

—Hija, búscame todos los papeles que te di a guardar pocas días antes de pasarnos a esta casa.

Celeste trajo el baulito negro y cuadrado de que hicimos mención en otra parte, lo abrió con una llave que guardaba en su seno, pendiente de una cinta verde, y vació sobre una mesa todos los objetos que contenía. El mercader los recorrió con rapidez y exclamó de pronto, dándose una palmada en la frente:

—¡Aquí falta uno, el principal! De seguro que me lo han robado.

—No puede ser, papá —repuso la joven, sobresaltada—; yo no suelto la llave ni un instante, y la cerradura está intacta. Es imposible que hayan extraído de ahí el papel que usted dice. Acaso esté entre esos paquetes que usted no ha registrado.

—No, hija; si estaba en éste, en este de la cinta negra. Era un documento en que ese pícaro de Encinal confesaba que la venta que yo le hice de mi casa no fue efectiva, sino simulada, para que los acreedores no me la quitaran.

—¿Será posible, padre, que don Camilo lleve su infamia hasta el punto de arrebatar a usted lo que le pertenece? Yo no lo creo. De por fuerza ésta no es más que una broma, aunque pesada...

—¿Broma? ¿Llamas broma a una orden judicial en que se me previene comparezca ante los tribunales o desocupe mi casa de los muebles que aún tengo en ella? ¿Son estas cosas para tratarse en broma? ¿Cuándo le he dado tampoco tanta confianza a don Camilo?... Pero yo me vuelvo loco... Esto es un sueño horrible... ¿Habré calentado en mi seno una víbora ponzoñosa?... ¿No le traje a mi casa? ¿No le traté siempre bien? ¿No le saqué en salvo su capital cuando mi quiebra? ¿Qué he hecho yo a este hombre para un proceder tan ingrato? ¡Ah, infame? —prorrumpió más exaltado, arrojando lejos de sí todos los papeles—. ¿Quieres devorarme porque me ves viejo y pobre? Te aplastare... Aun tengo fuerzas y valor y puedo vengarme. Celeste —agregó dirigiéndose a su hija, que le contemplaba en silencio con los ojos arrasados de lágrimas—; tráeme una chupa, que quiero ahora mismo salir a buscar a ese pícaro, y dondequiera que esté restregarle esta orden en los ojos. ¡Demandarme a mí... pedir que le desocupe una casa que es mía... oprimirme más de lo que estoy... arrebatarme lo único que me quedaba después de tantas desgracias!... ¡Oh! No, no lo conseguirá; lo juro a fe de Rafael. Si en la tierra no hay justicia, yo me haré justicia por mi mano...

Vanos fueron todos los esfuerzos que hizo Celeste para detener a su padre; nada valieron reflexiones, lágrimas, quejas, ruegos; de tal magnitud era la injuria que acababa de recibir del único que hasta allí había creído su amigo, que de golpe se sintió más vigoroso, más fuerte, más resuelto que nunca a arrostrar los embates de la suerte. La casualidad hizo que a poco de salir del beaterio se encontrara de vuelta contraria con Teodoro Weber, y, como se saludasen, éste le dijo:

—Precisamente iba ahora a casa de usted.

—Pues dispense que no me vuelva, amigo mío, porque estoy citado al tribunal de... y voy primero a verme con el demandante.

—¿Puede saberse el nombre de la persona que le ha demandado?

—Don Camilo Encinal.

—¡Don Camilo! —repitió Weber, que empezaba a salir de dudas.

—Sí, don Camilo —prosiguió Pérez, conmovido—; ese hombre ingrato y desnaturalizado, a quien abrigué y protegí en mi casa, en quien deposité toda mi confianza...

—¿Y por qué le demanda?

—Porque ha de saber usted, señor de Weber, que previendo yo mi quiebra, y deseando salvar siquiera un rincón donde abrigarme, hice a don Camilo escritura simulada de una casa que poseo en la calle de Compostela, que usted conoce. Pero, para resguardarme al mismo tiempo, hice que él me firmara un documento en que constaba la simulación de aquella venta: este documento es el que hoy me falta, y me ha demandado para que le desocupe la casa y apropiársela... ¡Infame!

—¿Y dice usted que va ahora a verle?

—Sí, señor: a ponerme delante de él y ver con qué cara me sostiene que esa casa es suya y que yo formalmente se la vendí.

—¿Me permite usted que le dé un consejo? Mejor hiciera usted en no presentarse a don

Camilo, sino ir derecho al tribunal...

—¡Al tribunal! Si me falta el documento donde se declara a falsedad de la venta, ¿no es más que probable que perderé el pleito ante los tribunales? ¿Cómo pruebo yo la verdad?

¿Cree usted que él no llevará su imprudencia hasta negarlo delante del juez? Al que ha podido olvidar en quince días mis servicios, ¿le faltará valor para desmentirme y despojarme de mi propiedad? ¡Oh! ¡Qué vileza! ¡Qué ingratitud! ¡Yo no esperaba que abrigara un corazón tan perverso! Sí, señor de Weber: cada vez me convenzo más de que yo debo verle, recordarle lo que me debe, hacerle conocer la fealdad de su acción, y, si a pesar de todo prosigue en su intento, matarle o que él me mate...

—He aquí lo que yo quería evitar, señor don Rafael. Siga usted mi consejo, o bien —agregó de pronto, cual si le ocurriera una feliz idea—, ¿quiere usted que yo asista a la demanda por usted?

—Pero ¿y el documento?

—Impórtele a usted poco el documento. Yo tengo medios con qué reducir al silencio a ese miserable. Venga usted conmigo, y déjeme obrar con libertad.

—Y si Encinal, como lo temo, es el que me ha robado y roto el documento. ¿No llevarán adelante la orden de desalojo que acaban de intimarme, y no me quitarán mi casa? ¡Ay, señor de Weber! Veo que de la manera que usted piensa hacerlo, éste es pleito perdido.

—Como se pierda —dijo el joven, animado y con acento firme—, le respondo con mi cabeza. Véngase usted conmigo..

La seguridad, el tono, la expresión de franqueza con que se expresaba Teodoro, convencieron y redujeron a Pérez a seguir sus consejos y a acompañarle al tribunal en silencio. Allí ya los esperaba don Camilo acompañado de un caballero de espejuelos, que tenía aire de abogado, revuelto entre la confusa muchedumbre de entes y pleiteantes que, a la hora de la una especialmente, llena los zaguanes y salas de los jueces. Weber suplicó al mercader le esperase un momento fuera, y él resueltamente se encaminó al demandante, quien según los paseos que se daba, y las miradas cautelosas que dirigía a los que entraban o salían, no hay duda sino que esperaba con impaciencia al demandado para indicárselo de lejos a su defensor y ocultarse mientras se decidía la demanda.

—¿Es usted don Camilo Encinal? —Teodoro le conocía de vista.

—Servidor de usteá —contestó arrugando las cejas y levantando un poco la cabeza para verle mejor el rostro.

—Vengo como apoderado de don Rafael Pérez, a responder la demanda que usted le ha puesto, sobre desalojo de una casa... Pero, antes de presentarnos al juez, quisiera tuviese la bondad de pasar la vista por este papel...

Y desplegando a sus ojos, sin entregárselo, el que él había extraído de la cloaca con la punta de su bastón la tarde del día anterior, agregó:

—¿No es esa su firma? ¿No son éstas las de los testigos que con usted firmaron este documento?

—Caballero —replicó Encinal encendido como la grana—; yo no tengo nada que ver con ese documento... Ese documento se falso...

—¡Falso! —exclamó Weber irritado—. ¿Me probará usted su falsedad? Por lo pronto yo probaré que usted es un pícaro...

—¡Usted me insulta!

—No, sino que le doy el nombre que merece. Porque pícaros son todos aquellos que se valen de engaños y de medios reprobados para arrebatarle a una triste familia su sustento; porque es un pícaro el que sonsaca a una ignorante esclava para que robe a sus amos papeles de esta especie. Yo traeré esa esclava ante el juez, ella declarará la verdad, y veremos entonces si el documento es falso o no.

—Caballero —repuso don Camilo bajando de tono—, yo no tenía noticia de ese documento; mejor dicho, no me acordaba de haberlo firmado... No puedo asegurar que es falso... Sin embargo, como el señor Pérez quedó debiéndome una porción de dinero y se hace el desentendido, yo, que me hallo muy atrasado, quería pagarme de algún modo, y siquiera en alquileres de casa...

—Pérez no debe a usted nada. No agregue usted la calumnia a la ingratitud. Va usted a probarme la falsedad de este documento, y a eso se reducirá ahora la demanda...

—¿Para qué? No, señor, ¿No le he dicho que el documento es verdadero? Desisto de mí pretensión. Nada reclamo contra Pérez. ¿Desea usted más?

—Sí, deseo más. Venga usted a repetir ante el juez eso mismo que acaba de decirme, porque quiero que conste por escrito para que en ningún tiempo vuelva usted a insultar la desgracia de un hombre a quien es usted deudor de los mayores beneficios.

En resumen, aconteció a don Camilo lo que asegura el dicho vulgar de «el vivo se cayó muerto y el muerto echó a correr» o «vino por lana y volvió trasquilado». Porque no tuvo más remedio para libertarse de una causa criminal, que firmar la demanda según pidió Weber que se extendiese; esto es, declarando que desistía de la pretensión de desalojo intentada contra Pérez, y que en ningún tiempo y por ningún motivo volvería a molestarle con reclamos de igual naturaleza, pues confesaba no asistirle ningunos derechos. Y firmado que la hubo, salió del tribunal mohíno, avergonzado, desesperado y dando tumbos y tropezones con todos cuantos encontraba en su camino. Uno de estos dicen que fue Pérez; pero de tal modo supo esquivarse el corrido tendero, que por más esfuerzos que hizo aquél por atraparlo, y por más que le silbó y le corrió detrás, se le perdió de vista con increíble celeridad.

Teodoro jamás declaró a su amigo del modo que aquel documento vino a sus manos: solo dijo que se lo había encontrado en la calle, pero no en qué punto ni cuándo, y así salvó a la infeliz Encarnación de su gran responsabilidad. Celeste, que esperaba a su padre llena de sobresalto, cuando lo vio entrar acompañado de Weber, la alegría y el rubor, un rubor desconocido, se apoderaron de su corazón, y no pudo más que abrazar al primero y dirigir al segundo una mirada celestial, que puede traducirse así: «¡Gracias, bien mío!»; pues desde luego adivinó que debía a su amante una nueva prueba de amor.

Don Rafael contó menudamente todo lo que había pasado en el tribunal con don Camilo y Weber, pues se acercó para oír lo que hablaban, y el modo con que éste, tomando generosamente su defensa, había logrado reducir al silencio y desbaratar los infernales planes de aquel hombre ingrato y malvado. Celeste entonces declaró ruborizada las instancias y los ardides de que Encinal se había valido para que ella le amara, y las amenazas que le hizo porque se había negado a todas sus pretensiones; disculpándose de no haberlo descubierto antes por creer que nunca llevaría a cabo una venganza ruin, contra personas que le habían hecho tantos favores y dispensado tanta amistad. Y ésta fue la prueba más discreta que podía dar a Weber de que ella tenía libre su corazón, o al menos de que jamás había querido a don Camilo.

Por fin, Celeste y Teodoro se casaron muy a gusto de Pérez, que nunca creyó encontrar esposo más digno para su hermosa y tierna hija, y fuéronse a vivir cerca de la plaza del Cristo, en una casita de dos pisos que Weber había alquilado. Él y su amante esposa ocuparon el alto, y don Rafael el bajo, donde puso un establecimiento con dinero que aquél le proporcionó, pues le era casi imposible dejar el oficio que aprendió desde chico. Natalia y Angelita sirvieron como de eslabón en la cadena de amor que de allí en adelante enlazó los corazones del padre, de la hermana y del cuñado.

La despedida de esta honrada familia (que ya se había aumentado) de las madres Curbelo, fue lo más patética que puede imaginarse. Con la salud le había entrado el arrepentimiento a la madre Seráfica, que olvidó su odio a Pérez y a las hijas de éste, se corrigió de algunas de sus manías y dio ejemplo de humildad y caridad cristianas. Celeste y Teodoro, que les cayó muy en gracia, según decían ella y las otras madres, les debieron excelentes consejos para el modo con que habían de haberse en el matrimonio.

Una tardecita a la hora del crepúsculo, los dos esposos sentados, el uno a par del otro, cerca del balcón de su casita, después de haberse hecho muchas caricias y dicho muchas cosas que hubieran trastornado el juicio del que por su desgracia hubiera estado en lugar de poderlos oír y ver, corriendo la cortina, que les velaba el cielo. Teodoro dijo a Celeste:

—Mira, alma mía: va a ponerse por undécima vez la luz que nos vio unidos y dichosos, y todavía no me has confesado por qué me alegaste tus deberes para no corresponder mi pasión la última noche que nos hablamos por la azotea de las Curbelo.

—Teodoro —contestó ella clavándole los ojos todos languidez y ternura—, Teodoro mío: ¿qué otros deberes sino los de mi honradez podían impedirme el confesarte que te amaba desde que te conocí? Yo era pobre, acababa de ser reducida a la miseria por una imprevista desgracia: ¿cómo si te amaba, iba a engañarte y permitir que unieras tu suerte a la mía infeliz?

—¡Ingrata! Y cuando yo me apasioné de ti, ¿averigüé primero si eras pobre o rica?

—¿Ves? Porque no me contestaras eso he mantenido contigo hasta ahora esta reserva.

—Pero ¿quién presumiría que en tales escrúpulos te fundaras para negarte a corresponderme? ¿Sabes lo que me figuré? Que tu intención era mantener dos amores: uno dentro de casa y otro fuera.

—Por supuesto, dos amores: uno en casa y otro en la calle.

—¿Y cuál ha sido el de casa? —preguntó Weber algo serio.

—¿Te pones bravo? —replicó Celeste, bañado en risa su nacarado rostro. Y acercándose más cerró ligeramente con sus húmedos labios la boca de Teodoro, para cortarle la palabra, y agregó:

—¿No son dos amores, celoso, el tuyo y el de mi padre? Pues yo no he tenido ni tendré otros en toda mi vida.

Libros a la carta

A la carta es un servicio especializado para
empresas,
librerías,
bibliotecas,
editoriales
y centros de enseñanza;
y permite confeccionar libros que, por su formato y concepción, sirven a los propósitos más específicos de estas instituciones.

Las empresas nos encargan ediciones personalizadas para marketing editorial o para regalos institucionales. Y los interesados solicitan, a título personal, ediciones antiguas, o no disponibles en el mercado; y las acompañan con notas y comentarios críticos.

Las ediciones tienen como apoyo un libro de estilo con todo tipo de referencias sobre los criterios de tratamiento tipográfico aplicados a nuestros libros que puede ser consultado en Linkgua-ediciones.com .

Linkgua edita por encargo diferentes versiones de una misma obra con distintos tratamientos ortotipográficos (actualizaciones de carácter divulgativo de un clásico, o versiones estrictamente fieles a la edición original de referencia).

Este servicio de ediciones a la carta le permitirá, si usted se dedica a la enseñanza, tener una forma de hacer pública su interpretación de un texto y, sobre una versión digitalizada «base», usted podrá introducir interpretaciones del texto fuente. Es un tópico que los profesores denuncien en clase los desmanes de una edición, o vayan comentando errores de interpretación de un texto y esta es una solución útil a esa necesidad del mundo académico.

Asimismo publicamos de manera sistemática, en un mismo catálogo, tesis doctorales y actas de congresos académicos, que son distribuidas a través de nuestra Web.

El servicio de «libros a la carta» funciona de dos formas.

1. Tenemos un fondo de libros digitalizados que usted puede personalizar en tiradas de al menos cinco ejemplares. Estas personalizaciones pueden ser de todo tipo: añadir notas de clase para uso de un grupo de estudiantes,

introducir logos corporativos para uso con fines de marketing empresarial, etc. etc.

2. Buscamos libros descatalogados de otras editoriales y los reeditamos en tiradas cortas a petición de un cliente.